無限のスキルゲッター！ 4
毎月レアスキルと大量経験値を貰っている僕は、異次元の強さで無双する

A L P H A L I G H T

まるずし
maruzushi

JN095633

アルファライト文庫

登場人物紹介
ディオーネ
ファーブラ調査隊の戦闘指揮官。勇猛《ゆうもう》な槍《やり》使いの騎士。
アニス
ファーブラ調査隊のリーダーを務《つと》める信心深い神官。
ユーリ
神様の娘を救ったお礼に毎月倍々の経験値を貰《もら》えるようになった本作の主人公。無限の経験値とスキルでのんびり最強を目指す。
ヒロ
ユーリがスライムの「アピ」の力を借《か》りて変装《へんそう》した姿。

ニケ
ファーブラ国が誇《ほこ》る
勝利の女神《めがみ》。凄《すさ》まじい
戦闘力を持つ。
アピ
太古《たいこ》のスライムが
人間に変身した姿。
ユーリが大好き。
個性豊かなヒロイン達
リノ
メジェール
フィーリア
フラウ
ソロル
シェナ
マグナ

第一章　無限の力

1．攻略再開

僕、ユーリ・ヒロナダは、ひょんなことから「毎月大量に経験値をもらえる」というとてつもない恩恵《おんけい》を神様から授《さず》かった。

これで順風満帆《じゅんぷうまんぱん》に過ごせるかと思っていたところ、魔王軍の罠《わな》にはまって故郷エーアストを追われ、エーアスト自体が支配されることに。

頼《たよ》れるものもなく絶体絶命《ぜったいぜつめい》の状況だったが、恩恵のおかげで僕は大きく成長し、そして頼《たの》もしい仲間たちも徐々に増えていく。

月日が経《た》ち、充分に力をつけた僕は、いよいよエーアスト奪還《だっかん》に向けて行動を開始した。

魔王軍に対抗する戦力を得るため、ゼルドナ、ディフェーザの二国を攻《せ》め落としたのだ。

その戦いの最中《さなか》、『魔王を滅《めっ》するカギ』の存在を知り、それを手に入れようと僕たちは世界最古の迷宮《ダンジョン》に挑戦する。

迷宮に潜《ひそ》む敵を倒しつつ、僕を慕《した》ってくれる『眷女《けんじょ》』のリノたちや、新《あら》たに仲間となったマグナさん、シェナさんのベルニカ姉妹とともに進んでいくと、偶然《ぐうぜん》そこで高等学校の元クラスメイトたちと出会ってしまう。久々に再会した元クラスメイトたちは、魔王軍に洗脳《せんのう》されて敵となっていた。

悪魔の力を手に入れていた彼らは強敵だったが、なんとか無事撃退《げきたい》することに成功したのだった。


「よし、迷宮クリアまであともう少しだ、頑張《がんば》ろう！」

「「「「おー！」」」」

僕の掛け声に仲間たち――幼馴染《おさななじ》みのリノ、王女のフィーリア、アマゾネスのソロル、エルフのフラウが元気に返事をする。声には出さなかったものの、マグナさんとシェナさんも力強く頷《うなず》いた。

クラスメイトたちとの戦闘を終えたあと、僕たちは冥王竜《めいおうりゅう》がいたこのボス部屋で一夜を過ごし、そして今はみんなで朝食をとって準備を整《ととの》えたところだ。

昨日の戦闘でみんなの衣装《いしょう》が損傷《そんしょう》していたが、もちろん全員新しいものに着替えてある。心機一転《しんきいってん》、迷宮攻略の再開といこう。

さて、まずはこのボス部屋からの脱出だ。

出口付近に転移トラップが仕掛けてあるからな。そのおかげで、僕とルクが飛ばされて大変なことになったんだ。

ルクは『キャスパルク』という伝説の幻獣で、見た目はモフモフとした巨大な猫。ただしその戦闘力は凄《すさ》まじく、今回の迷宮攻略でも大いに助けられたんだよね。

僕は『真理の天眼《てんがん》』というスキルを持っていて、これで怪《あや》しい場所を注視《ちゅうし》すると、ある程度のトラップ範囲は分かるんだけど、さすがに正確な位置までは掴《つか》めない。

ボス部屋を出るには、その危険エリアの一部を通り抜けないとダメみたいなので、なんとか安全ルートを見つけないと。

昨日のクラスメイトによる襲撃《しゅうげき》の場に、トウカッズも来ていればなあ……

元クラスメイトのトウカッズは、レアスキル『迷宮適性』を持っていた。そのスキルを手に入れられたら、迷宮攻略がグンと楽になったんだけど。

『迷宮適性』のスキルレベルを上げれば迷宮攻略に役立つ『盗賊魔法《シーフマジック》』が使えるようになるので、罠探知《たんち》や解除《かいじょ》も難《むずか》しくない。

まあトウカッズはクラスメイトの中では最弱に近いし、こういう任務《にんむ》には来ないだろうけどさ。

あと、今思うと、カインたちが『転移石《てんいせき》』で逃げてくれてちょうどよかったかも。

殺すわけにもいかないし、捕縛《ほばく》したあいつらを連《つ》れたまま迷宮を攻略するのは難しかったと思う。

完全に持て余していただろうね。いなくなって結果オーライか。

とりあえず、この転移トラップはどうしよう。

『飛翔《フライ》』のスキルで仲間たちを一人ずつ抱《かか》えて出るのはどうかな？

でもトラップを踏《ふ》まずとも、その上を通過しただけで発動する可能性はあるよな。安易《あんい》にこの作戦は取れない。

……そうだ！　僕は分身が作れたじゃないか！　これを試《ため》してみよう。

僕は大量の経験値を使って入手した『神遺魔法《ロストマジック》』で『分身体《レプリケーション》』を十体出現させ、それに転移トラップを探《さぐ》らせた。

その光景を見て、マグナさんが驚《おどろ》きの声を上げる。

「おわっ、なんだコイツら⁉　魔王ってばこんなこともできるの⁉」

「『魔王』じゃないでしょ、姉さん」

妹のシェナさんにたしなめられ、マグナさんはバツの悪そうな顔になった。

つい昨日まで、僕はマグナさんたちから『魔王』だと勘違《かんちが》いされていたけど、今はすっかりその誤解《ごかい》も解《と》けてほっとしている。

「そうだった。もう何日も魔王って呼んでたから、つい口癖《くちぐせ》になっちまったよ。すまないユーリ」

「別に気にしてませんよ」

マグナさんの言葉にそう返事をしつつ、分身を操作《そうさ》する。トラップのおおよその位置は掴んでいたので、分身に探らせたら簡単に出口までのルートが分かった。

ということで、僕たちはそれに沿《そ》って歩き、部屋を出た。

「ああん、ユーリに抱えてもらって『飛翔《フライ》』で行きたかったわ！」

「残念ですわ、せっかく思いっきり抱《だ》きつくチャンスでしたのに」

「ご主人様とくっつける機会なんてめったにないデスからね！」

「なぁに、まだチャンスはあるさ。ユーリ殿《どの》にしがみつくのが楽しみだぜ」

昨日あれほど酷《ひど》い目に遭《あ》ったというのに、リノ、フィーリア、フラウ、ソロルはのんきなことを言っている。相変《あいか》わらず緊張感《きんちょうかん》がないな。

「ンガーオ！」

ていうか、ルクまで何かを期待するように鳴くのは何故《なぜ》？　僕といつも一緒に寝ているでしょ。

まったく……抱えて飛んでる間に彼女たちからロクでもないことをされたら大変だから、『飛翔《フライ》』は最終手段にしよう。

そのまま分身を駆使《くし》して迷宮を進んでいく。

分身ではトラップの解除や破壊などの作業がやりづらいので、踏んだ直後に発動してしまう転移トラップがないことを確認したら、あとはこれまで通り僕が罠を排除《はいじょ》した。

道中出会うモンスターは、リノたちやマグナさん、シェナさんが戦って倒していった。

昨夜、彼女たちは３０００万の経験値を使って大幅《おおはば》にパワーアップしたので、その力試《ちからだめ》しをしたいらしい。

現在いるところは迷宮の下層部なので、出現モンスターはかなり手強《てごわ》い。何かあったらフォローしようと構えていたけど、彼女たち六人がかりならなんとか倒すことができるようだった。

本当に危険な敵だけは僕が倒しているけどね。

「どう？　ユーリ！　今度はクラスメイトにも負けないんだから！」

モンスター相手に会心の戦いができて、リノが鼻高々に報告してくる。

確かに見違えるほど強くなっているから、今度はそう簡単に負けないかもな。

順調に進んでいき、何体かボス級のモンスターも倒したが、冥王竜のような階層ボスに出会うことはなかった。

そして本日の探索《たんさく》を終え、僕たちは眠《ねむ》りにつく。

翌日、さらに深く進んでいくと、ある階層から迷宮内の空気が急に変わるのを感じた。

いよいよ深層部《しんそうぶ》に突入したらしい。一帯がビリビリと肌に突き刺さるような冷気で満ちていた。

「この感じ……ユーリ、そろそろ目的の地は近いぜ」

「そうね。どこの迷宮でも、最後はこんな雰囲気《ふんいき》になるわ」

迷宮経験が豊富なベルニカ姉妹が、最下層が近いことを教えてくれる。

深層に相応《ふさわ》しい凶悪《きょうあく》なモンスターを倒しながら階下を目指すと、とうとう最深部《さいしんぶ》に到着した。

そこは猛烈《もうれつ》な魔瘴気《ましょうき》に包まれていて、空気が重く感じるほどだった。

さっきまでと同じ迷宮内とは思えない、まるで転移トラップで違う空間へと飛ばされたような感覚になる。

「くっ、なんて凄まじい重圧なんだ……アタシたちが経験してきた最下層とは、ちょっと次元が違うみたいだぜ」

マグナさんはそう言いながら、周囲を注意深く観察する。

僕も『真理の天眼』で辺りの解析《かいせき》を試《こころ》みる。最下層だけに、何かの結界や特殊《とくしゅ》な仕掛けなどがあるかと思ったが、危険なものは特に見つからなかった。

しかし、この先には確実にナニかいる。・・・・

この迷宮内では、不可思議《ふかしぎ》な妨害《ぼうがい》によって僕の探知スキル『領域支配』がほとんど役に立たなかったが、それでも今はとてつもない存在を感知している。それほどの気配なのだ。

イマイチ正確には掴めないけど、恐らくこれは以前戦った伝説の竜、熾光魔竜《ゼイン》クラスの強敵だ。

どうなるかは進んでみないことには分からないが、もし戦闘になれば、かなり手強い。

どうする？　僕だけで進んだほうがいいか？

「……行ってみよう」

みんなをここに残すほうが危険と考え、とりあえず全員で進むことにした。

2. 不死の生命体

世界最古と思われる迷宮の最下層で、何か異様な気配を感じた僕たち。

果たしてそれは宝を守護《しゅご》するボスなのか、それとも魔王に対抗する力を与えてくれる存在なのか、何も分からずに僕たちはただ奥へと歩み続ける。

観察していて気付いたのだが、どうもこの最下層だけ壁《かべ》や地面の質が違う。

通路を構成する物質が、より高密度《こうみつど》の強いモノになっている気がしてならない。

何かおかしい。

この最下層だけ、迷宮から隔離《かくり》された別の空間みたいに感じる。

「おいユーリ、何かまずいぞ。こんな感覚、アタシは初めてだ」

「そうね、冥王竜とかそういうヤバさじゃなくて、もっと原初の根源的《こんげんてき》恐怖というか……」

「ンンガァオ……」

「う、うん、私も不思議な怖《こわ》さを感じてる。なんか餌《えさ》になった気分……」

ベルニカ姉妹やルクだけじゃなく、『超五感上昇《スーパーセンシティブ》』によって鋭《するど》い感覚を持つリノも妙な雰囲気を感じているらしい。

確かに異様な感覚だ。変なたとえだが、胃袋の中にでもいるというような……

捕食者《ほしょくしゃ》に食われてしまって、このまま消化されるのを待つ小動物の気分だ。

それでも僕たちは進みつつ、とうとう最奥《さいおう》の部屋の前まで到着した。

異質な存在はこの中から感じる。

ここまでは一本道で、道中モンスターとも出会うことはなかった。

つまり、妙な胸騒《むなさわ》ぎの原因はこの部屋の向こうにいる奴に違いない。

僕は覚悟を決め、中に入る前に振り返る。

「みんなも一緒に来るかい？」

「当たり前でしょ！　ここまで来たんだから！」

リノが即座に答える。ほかの仲間たちも同じ気持ちのようだ。

僕だけで入るか悩《なや》んだが、ここにみんなを残すのも危険だ。一緒に行動したほうがいいだろう。

　トラップの確認をしてから、扉を開けてみんなでいっせいに入る。

「こ……これは！」

「ひょっとして『次元牢獄《じげんろうごく》』!?　まさか、中にいるのはあの……」

　ベルニカ姉妹が驚きの声を上げた。

　そこは百メートル四方ほどの広い部屋で、天井が高く、部屋の中央よりやや奥には、青く光る箱形の物体が浮いていた。

　箱は一辺が約五メートルの立方体。一見透明《とうめい》なガラスのようにも見えるが、光の反射などの様子から表面には何も存在しないことが分かる。

　箱の中は吸い込まれそうな真黒の闇で満ちているが、直接中が見えているわけではなさそうだ。

　不可思議なモノだが、コレと同じようなのを見たことがある。

　そう、『冥霊剣《エリュシオン》』の力を解放したときの『冥界転葬《ハデスフューネラル》』に似ている！

　あの技は次元の断層《だんそう》で敵を閉じ込めたけど、この箱はそれと同じような牢獄ってことか。

　凄まじい気配はこの中から感じる。入っているのは、果たして敵なのか味方なのか？

　ベルニカ姉妹が何か知っているようだから訊《き》いてみる。

「『次元牢獄』ってなんですか？」

「いや、アタシも初めて見たけど……『空間魔法』の秘技で、相手をこの世界と断絶《だんぜつ》した場所に閉じ込めちまう技らしいんだ」

「そして太古の昔に、その『次元牢獄』にある怪物を封印《ふういん》したという伝説が残っているの」

「怪物……⁉」

マグナさんとシェナさんの言葉に、思わず僕は驚きの声を上げてしまう。

「ああ、『暴食生命体《アベルビスィア》』ってヤツで、まだ魔王すらいなかった頃……人類の文明ができたかどうかという大昔に存在した怪物らしい」

「不老不死の上、この世の全てを呑《の》み込む超怪物だって話よ。地上の生物が全滅《ぜんめつ》の危機に瀕《ひん》したとき、神様がその力をもって封印したらしいの」

ベルニカ姉妹が交互に説明してくれる。

とんでもない伝説を知って、さすがのリノたちも顔色を変えた。

「『暴食生命体《アベルビスィア》』……この中にいるのがそいつだと？」

僕が問うと、マグナさんとシェナさんが頷く。

「普段ならアタシもそんな言い伝えなんて信じないが、冥王竜や暴虐の巨獣王《カイザーベヒーモス》も実在したし、この迷宮なら本当にいてもおかしくないなと」

「そうね、もはや神話クラスの話だから真相は不明だけど、でもこの最古の迷宮に『次元牢獄』なんかで封《ふう》じられていたら、中にいるのは『暴食生命体《アベルビスィア》』しか思い当たることがないわ」

なるほど、ありえるな。

何せここは今まで誰も入ったことのない世界最古の迷宮だ。何が存在しててもおかしくない。

「ユーリ、こりゃさすがに無理じゃねえか？」

「そうよ、『魔王を滅するカギ』も何も、魔王よりコイツのほうが危険なくらいよ？　だいいち、『次元牢獄』を解除する方法も分からないし……」

ベルニカ姉妹の言い分はもっともだ。ここで帰る選択肢もあるが……

「確かにそうかもしれません。でも、まだコレがその『暴食生命体《アベルビスィア》』だと確定したわけじゃないですし、『魔王を滅するカギ』が入っている可能性だってあります。そして僕らこの封印を解ける」

この迷宮を封じていた結界と同じく、『次元牢獄』も『神遺魔法《ロストマジック》』の『虚無への回帰《ヴァニタス・エフェクト》』で解除できるはずだ。

ここまで来たんだ、手ぶらじゃ帰れない。

この『次元牢獄』を開けない限り『魔王を滅するカギ』が手に入らないなら、開けてみるまでだ。

もちろん危険は承知《しょうち》だ。

幸い最下層には結界などないので、問題なく『転移水晶』が使える。何かあっても脱出だけはなんとかなるはず。

ただし、もし『暴食生命体《アベルビスィア》』を解放してしまったら、後始末は僕がつけなくちゃならない。

それについて、実は一つだけ秘策《ひさく》がある。

この迷宮に入ってからずっと考えていたことだ。何か手強いヤツがいたら、この手で倒すつもりだった。

ここならきっと……アレを本気で出せる！

「いいかいみんな、もしこの中にいるのが本当に『暴食生命体《アベルビスィア》』だったら、すぐに退避《たいひ》して！　そして危険だと判断したら、僕に構わず『転移水晶』で迷宮から脱出するんだ」

僕はみんなにこのあとのことを指示する。

「でも、ユーリは大丈夫なの？　ユーリに何かあったら私……」

「リノ、僕が負けると思うかい？」

「いいえ、ユーリ様は必ず勝ちますわ。だって神様なのですから」

「そうだフィーリア、僕のことは一切心配する必要はない。みんなは自分の安全だけ考えてくれ」

僕は心配そうに見つめるリノ、フィーリア、ソロル、フラウを見回し、力強く頷く。

それを見て彼女たちも頷き返す。

「本当にやるのかユーリ?」

マグナさんが確認するように訊いてきた。

「やります。ここまで来た以上、絶対に『魔王を滅するカギ』を手に入れないと。マグナさん、シェナさん、何かあったときはリノたちのことよろしくお願いします」

「分かったわ、もう止めない。魔王ガールルズは私たちが守るから安心して」

「ありがとうございます、シェナさん。ルクも、みんなのことを頼む」

「ンガーオ!」

心の準備を整え、いよいよ『次元牢獄』の封印を解く。

リノたちは少し離《はな》れた場所に待機させた。

ここから退出してもらうか悩んだが、解除したときこの迷宮に何が起こるか分からない。

僕と一緒の部屋にいたほうがいいだろう。

「じゃあいくよ……万象原点に帰《き》せ、『虚無への回帰《ヴァニタス・エフェクト》』っ!」

少し離れた場所から放った僕の魔法が届くと、青く光っていた『次元牢獄』にヒビが入り、砂のように細かく砕《くだ》けて霧散《むさん》した。

そして中から出てきたのは…………銀色に輝《かがや》く大量の液体、いや粘体状《ねんたい》の生物だった！

ちょ、ちょっと待て、いくらなんでも多すぎるぞ!?　あの大きさの箱にこれほどの量の粘体が入っていたなんて想定外だ。

そうか、アイテムボックスと同じように、『次元牢獄』の中は見た目よりもかなり広いんだ！

自由になった粘体生物はこの部屋を埋《う》め尽《つ》くすが如《ごと》く、津波のような勢いで一気に広がっていく。

完全に意表を突かれてしまったが、果たしてこれは敵なのか？　コイツの正体《しょうたい》はなんだ？

僕は『飛翔《フライ》』で浮いて粘体を躱《かわ》し、『真理の天眼』でその解析を試みる。

む……これは…………なんだってっ!?

「きゃあああああっ！」

「どわわわっ、待って、来ないでクダさぁい！」

まずい！　うっかり気を取られていたら、リノたちのほうまで粘体が届いていた。

早く助けないと……と思ったところ、何故か粘体の流れがリノたちの手前で止まった。

その間に、みんなは安全圏《けん》まで逃げていく。

なんだ今の変な動きは？　ひょっとしてリノたちの声に反応したのか？

見た目からして本能だけで動く生物かと思ったけど、何か意思があるのかも？

僕が粘体生物の動きに注視していると、同じように『飛翔《フライ》』で宙に浮いていたベルニカ姉妹が、拍子抜《ひょうしぬ》けしたような声を出した。

「何よ、『暴食生命体《アペルピスィア》』ってこんなヤツなの⁉　ただの大型スライムじゃない！」

「どんな怪物かと思ったら、この程度か⁉　確かに、これだけデカけりゃ消化能力は凄《すご》いだろうけどな」

「大昔じゃこんな大型スライムは倒せなかったかもしれないけど、今ならそれほど脅威《きょうい》でもないわね」

「ああ、この程度なら全部まとめて氷漬けにしてやる！　喰《く》らえ、『凍てつく墓標《グレイシャー・グレイヴ》』っ！」

「あ、待ってマグナさん！」

僕が止める間もなく、マグナさんは素早く詠唱《えいしょう》して魔法を撃《う》ち放つ。

この『凍てつく墓標《グレイシャー・グレイヴ》』は水属性レベル10の超強力な凍結《とうけつ》魔法で、経験値で大幅パワーアップした今のマグナさんなら、この量であっても全て凍《こお》らせることは可能かもしれない。

ただし、粘体生物には秘密があった。さっき『真理の天眼』で解析したところ、この粘体生物はほぼ全ての魔法を吸収してしまうらしいのだ。

その解析通り、マグナさんの放った『凍てつく墓標《グレイシャー・グレイヴ》』は、粘体の体内へと吸収されてしまった。

「なんだと⁉　コイツ、水属性は吸収しちまうのか⁉　大型スライムは消化能力が高いだけで、魔法の吸収ができる特殊タイプなんていないはずだが……」

「でも姉さん、水属性を吸収するなら火属性で大ダメージを与えられるわ！」

「だな！　それじゃいくぜ……」

「待ってください、コイツは火属性も吸収します！」

僕は慌《あわ》ててマグナさんが魔法を使おうとするのを止める。

「ウソだろ⁉　属性魔法は全部ダメだってのか⁉　それなら光魔法だ！　コレを吸収できるモンスターなんていないぜ！」

「いえ、光魔法も吸収するようです！　全属性魔法と光魔法、闇魔法、神聖魔法は通用しません！」

「光魔法すら吸収する⁉　『無効』じゃなくてか？　そんなモンスターなんて、聞いたことないぞ⁉」

「それじゃあどうやってこの怪物を倒せばいいの？」

ベルニカ姉妹が驚くのももっともだ。

この手の粘体生物――スライム系のモンスターには、物理攻撃がほぼ効かない。つまり、剣や拳《こぶし》では倒すことができない。そのため魔法で倒すしかないわけだ。

どんなタイプにも通常は必ず苦手《にがて》な系統がある。

魔法を吸収するモンスター自体かなり希《まれ》なのだが、それでも何か苦手な系統があるもので、仮に水属性を吸収するなら大抵反対系統の火属性に弱かったりする。

そういう弱点が、この粘体生物――『暴食生命体《アベルビスィア》』にはないのだ。

基本的にどんなモンスターにもダメージを与える万能な光魔法でさえ、この粘体生物は吸収してしまう。

粘体生物『暴食生命体《アベルビスィア》』が持っていた能力は『無限吸収』。

物体を消化機能で溶《と》かして食べるだけじゃなく、エネルギー的なモノまで吸収できるという、とんでもない能力だ。

物理も魔法も効かないモンスターは初めてかもしれない。

なるほど、だから『次元牢獄』で封印してたんだな。神様でも倒す手段がなかったってことだ。

『ハ　ラ……へっタ　くう　タベる　のガすき　なんデ　モ　たベル』

「な、なに今の声は……？」

どこからか変な声が聞こえ、シェナさんが周りを見回す。今のはまさか……？

「……コイツだ！　『暴食生命体《アベルビスィア》』が僕たちの頭に直接話しかけてるんだ！」

「こんなスライムが人間の言葉を喋《しゃべ》るっていうのか!?」

驚愕《きょうがく》するマグナさんに、僕は首を横に振ってさらに言葉を続ける。

「違います、これは『念話《テレパシー》』というヤツで、言葉ではなく思考そのものを送ってきてるんです！」

熾光魔竜《ゼイン》と同じだ。コイツ、こんな姿でありながら知能らしきモノがあったのか！

本能によって、周りのモノをただひたすら消化して食べるだけの生物だと思っていたよ。

ということは、さっき一瞬動きを止めたのも、やはりリノたちの声に反応したんだ。

『ハラ　へっタ　タべる　ぜん　ブ　たべ　ル〜っ』

より強い『念話《テレパシー》』を発したあと、『暴食生命体《アベルビスィア》』の身体《からだ》が激《はげ》しく発光した。

あっ、粘体が接触《せっしょく》している地面が赤く溶かされ、グツグツとマグマのようになっている！

迷宮の内壁《ないへき》すら食べてしまうのか⁉　最下層の壁や地面は少し違っているように感じたが、恐らく『暴食生命体《アベルビスィア》』に簡単に溶かされないように、強化された物質なんだろう。

しかしそれすらも、この粘体生物は楽々溶かして吸収している。

なんでも食べるってのは本当みたいだな。ひょっとして遠い昔、コイツと神様がここで死闘《しとう》を繰《く》り広げたんだろうか？

このまま際限《さいげん》なく食べて巨大化したら、いずれ全世界を呑み込むほどになる……ってことか。

確かに危険な存在だ。知能があると知ってどうするか悩んだが、ここで倒すことを決意する。

よし、まずは手始めに即死スキルの『呪王《じゅおう》の死眼《しげい》』から試させてもらうとしよう。喰らえっ！

…………………………効かないみたいだ。

今までレジストできたのは熾光魔竜《ゼイン》だけだったのに……さすがだな。

おっとまずい、『暴食生命体《アベルビスィア》』が大量の粘体を一気に波立たせて、こっちへと近付いてくる。

僕が本気の力を出すためにも、みんなには退室してもらおう。

「みんな、この部屋から出るんだ！　ここから僕は本気で戦う。何かあったらすぐに『転移水晶』を使って脱出するんだよ、いいね！」

「分かったわ！　ユーリ、絶対に死んじゃダメだからね」

「ご主人様っ、勝つのを信じて待ってマス！」

「ユーリ殿の力をこの怪物に思い知らせてやれ！」

リノ、フラウ、ソロルが、僕のことを何度も振り返りつつ退室していった。

「ユーリ、お前は魔王よりも強い！　だから絶対勝てる！」

「その通りよ。こんなスライムなんてあなたの敵じゃないわ！」

続いてマグナさんとシェナさんが入口まで飛び去って部屋を出ていく。

「ルク、みんなのことを守ってあげてくれ」

「ンガーオ！」

「ユーリ様、どうかご無事で……！」

最後にルクとフィーリアが退出するのを見てから、僕はまた『暴食生命体《アベルビスィア》』へと向き直る。

これで誰を心配することなく全力で戦える。いくぞ、『暴食生命体《アベルビスィア》』！

『呪王の死睨』は効かなかったが、『冥霊剣《エリュシオン》』の次元転送技はどうだ？

「時の狭間《はざま》で眠れ！『冥界転葬《ハデスフューネラル》』っ！」

…………………これもダメか！

迷宮の不可思議な力のせいなのか、それともこの粘体の特性なのか、『冥霊剣《エリュシオン》』が反応しない。ひょっとして大きさ的な問題があるのかも？

何せ、百メートル四方のこの部屋を覆《おお》い尽くすほどの巨大さだ。『冥霊剣《エリュシオン》』でも捕捉《ほそく》できないのかもしれない。

しかし、どうも違和感《いわかん》があるな。

あらゆるモノを食べる生物だというのに、目の前にいる僕に攻撃してこない。さっきリノたちを襲《おそ》うのもやめていた。

まさか……敵ではないのか？　とはいえ、『暴食生命体《アペルピスィア》』は辺り構わず溶かしまくっている。

下手《へた》な魔法はコイツに餌を与えるようなものだし、弱点も解析では見当たらない。このままではどこまで巨大化するか分からない。

なるほど、神様が空間魔法で閉じ込めたのも納得できる。

ひょっとして、『神遺魔法《ロストマジック》』にある『分子破壊砲《ディストラクション・キャノン》』なら通用するかもしれない。

ただ、あの魔法はまだ未解明なところが多く、そして威力《いりょく》の調整が非常に難しい。この迷宮内で使うにはリスクがありすぎる。

ということで、僕が考えていた奥の手を使うことにする。

それは、『重力魔法』にある『異界無限黒洞《ブラックホール》』だ。

この迷宮の特性を知ったときに、いざとなったら使おうと思っていたんだ。

迷宮の特性というのは、技や魔法の効果範囲が限定的になるということ。

非常に広い効果範囲を持つ『冥霊剣《エリュシオン》』の技でさえ、迷宮の一区画くらいにしか力が届かなかった。

『領域支配』などの探知スキルも役に立たなかったし、ほかの様々な能力が、迷宮の特殊な力で範囲を制限されていた。

つまり、通常なら山すら軽く消滅《しょうめつ》させるほどの威力を持つ『異界無限黒洞《ブラックホール》』も、迷宮内《ここ》なら狭《せま》い範囲――恐らくこの部屋のみだけの効果にとどまる。

多少部屋の外に影響を及《およ》ぼすかもしれないけど、みんなは避難《ひなん》させたし、本気で撃っても大丈夫なはずだ！

いくぞ『暴食生命体《アペルピスィア》』、コレを喰らってみるがいい！


「暗黒の虚洞《きょどう》よ、全てを呑み込めっ！　『異界無限黒洞《ブラックホール》』！」


僕は『暴食生命体《アペルピスィア》』の頭上に『重力魔法』を撃ち放つ。

すると黒い点が現れ、徐々に大きくなって高速回転する球体となり、周りのあらゆるモノを吸い込み始めた。

やはり思った通り『異界無限黒洞《ブラックホール》』の効果は限定的で、そして『暴食生命体《アペルピスィア》』もコレを無効化できないようだ。

十メートルほどの大きさになった『異界無限黒洞《ブラックホール》』は、空間ごと渦巻《うずま》き状に景色を歪《ゆが》めつつ、『暴食生命体《アペルピスィア》』の身体を地面から引き剥《は》がしながら吸い取っていく。

この吸引力に抵抗している『暴食生命体《アペルピスィア》』も凄いが、さすがに超重力には敵《かな》わないようだ。

『んん　ンンう、イや　ダ　たベル　の　もっト　とメナいデ……』

部屋いっぱいにあった巨体は、あっという間に地面に薄くへばりついているモノだけになり、それも残すはあと少しという状態になった。

だが……このまま粘体を全て吸引して消滅させていいのだろうか？

僕は何かが引っ掛かって、『異界無限黒洞《ブラックホール》』を解除した。黒い球体は縮小《しゅくしょう》して小さな点へと変わり、そのまま消滅する。

吸引が収まったことにより、あちこちにへばりついて残っていたわずかな粘体がゆっくりと集まって、もう一度形を戻した。

ただし、大きさは通常のスライム程度になってしまったが。

『ウれシ　い　マダ　た　べラれ　ル……』

銀色の粘体生物は、また地面を溶かして侵蝕《しんしょく》し始める。

僕の中に生じた違和感……それはこの粘体に、モンスターなら当然あるような邪気《じゃき》がないことだ。

本能に任《まか》せて周りを消化していただけで、僕たちを襲うことはなかった。人間に対する悪意を感じられない。

明らかにスライムなどのモンスターとは一線を画《かく》している。

にわかには信じられないが、人間は吸収の対象じゃないのでは？

敵でもない生物を無闇《むやみ》に殺すことは避《さ》けたい。

さて、この粘体をどうしようか……

と思っていたら、地面にへばりついていた粘体が立体的に膨《ふく》れ上がり、何かへと変形し始めた。

ちょ、ちょっと待て、こんなことがあっていいのか⁉

『暴食生命体《アベルビスィア》』が変形してできたモノとは………

人間――裸の少女だった！

3. 暴食生命体の真実

今、目の前で信じ難《がた》いことが起こった。

必殺の重力魔法『異界無限黒洞《ブラックホール》』に身体のほとんどを吸われ、残るはごく一部となってしまった『暴食生命体《アベルビスィア》』が変身した姿は、人間の少女だったのだ。

粘体生物《スライム》が人間になるなんて聞いたことないぞ⁉

見た目は七、八歳程度で、小柄で細身の身体に腰まで伸《の》びたライトブルーの髪。

銀色だった体色は、普通の人間と変わりない肌色に変化している。

どう見ても人間そのものだ。変身したところを見ていなければ、この少女が『暴食生命体《アベルビスィア》』だったとは到底思えないだろう。

どうなってるんだ？

ひょっとして、人間に化けて僕に命乞《いのちご》いでもするつもりなのか？

確かにこの姿になられると、こっちとしてもイマイチ敵意が弱まってしまうが。

まずい、これじゃ相手の思うつぼだ。コイツが何をする気なのか、最大限に警戒《けいかい》しないと！


…………………………………


何をするまでもなく、粘体だった少女はボーッとこちらを見ている。

そうだ、解析を忘れていた。『真理の天眼』で見てみると、能力はやはり『無限吸収』のままだ。

……待て！　おかしいぞコレ⁉

『暴食生命体《アベルビスィア》』はモンスターなのに、『無限吸収』が僕の『スキル支配』の対象になっている⁉

『スキル支配』は、人間相手にしか使えないスキルなのに何故？

人間の姿に変化したから対象になったのか？　……いや、見た目が変わったから対象になるなんて特性は『スキル支配』にはないはず。

とすると考えられるのは、最初から対象だったけど僕が見落としていた可能性だ。

確かに、こんなモンスターが『スキル支配』の対象になるわけないと思っていたので、その点を注意して見ていなかった。

今となっては確認できないが、もし最初から対象になってたとすると、コイツはモンスターではないということになる。

……まさかとは思うが、ひょっとして…………

『暴食生命体《アペルピスィア》』は人間なのか⁉

正確には、人間だった！

『念話《テレパシー》』とはいえ僕たちに話しかけてきたし、外見《がいけん》は完全に粘体ではあるものの、モンスターのように無闇に人間を襲ったりもしない。

『スキル支配』の対象にもなっている。

とても信じられないが、人間だったと考えるのが自然だろう。

仮にモンスター特有のスキルを持っていたとしても、その本質は変わらない。人間は人間だ。

不死のスキルを手に入れたとしても人間だ。

変身できるスキルで様々な姿になろうともやはり人間だ。

外見や能力で人間かどうかが決まるわけじゃない。魂《たましい》が人間である限り、それは人間なのだ。

僕の仮説だけど、この『暴食生命体《アベルビスィア》』は元々特殊なスキルを持った人間で、そのスキルが暴走《ぼうそう》したことにより、体質が完全に変化してしまった。

それがあの大型スライムの正体だ。

しかし、肉体こそ大きく変わってしまったが、魂は人間のままだった。

今までは体積《たいせき》が大きかったせいで粘体のままだったけど、少量になったおかげで少女の形に戻れたのでは？

もちろん普通の人間とはいえないが、少なくともモンスターではない。まったく別の存在なんだ。

こうしている間も、少女は地面に触《ふ》れている部分を侵蝕し続けている。放っておけば、いずれまた元の巨大粘体に戻ってしまうだろう。

これ、『無限吸収』スキルを強奪《ごうだつ》してみるっていうのはどうかな？

どのみちこのままではまた巨大化し、『暴食生命体《アベルビスィア》』に逆戻りするだけだ。

イチかバチか、この原因となっているであろう『無限吸収』を『スキル支配』で強奪してみよう。

どうだっ！

…………本当に強奪できた！

ってコレ、強奪したら『無限吸収』が『大食い』スキルに変わってるぞ⁉　なんで⁉

『大食い』は、一生に一度スキルをもらえる儀式――『神授《しんじゅ》の儀《ぎ》』でもたまに授かる人がいる、なんの役にも立たないFランクスキルだ。

そういえば、『スキル支配』で強奪したスキルは、初期化されてレベル1に戻るんだった。

僕に強奪されたことによって、『無限吸収』はスキルの最初の状態『大食い』に戻ったということは……ひょっとして、この『大食い』スキルがなんらかのイレギュラーで暴走し、どんどんスキル進化していったことで最終的にあんな怪物になっちゃったのか？

ここからは僕の仮説だが、『大食い』は偶発的《ぐうはってき》に発生した最初期のスキルなのではないだろうか。

そのせいで、まだスキルの能力が不安定で、エラーを起こしてしまった。

エラーの原因は、例えば飢餓《きが》で苦しんで空腹《くうふく》に耐えきれず、なんとか腹を満たそうとその辺のものを無造作《むぞうさ》に食べまくってしまったとか。

そのうち本能に任せてなんでも喰らうようになり、全身で吸収するために身体は粘体化し、そのまま成長し続けて世界が滅ぶほどの存在に……

そんな不運を憐《あわ》れんだ神様が、殺すのも忍《しの》びないと思ってここに封印したのかもしれない。伝説を聞いた限りでは、本当はさらに巨大だったんだろうな。

この少女は、きっと『暴食生命体《アベルビスィア》』が人間として生きてた頃の姿に違いない。

……おや、何か様子がおかしいぞ。少女が苦しみだした。

それと同時に、あちこちが崩《くず》れ始めている。どうも身体の維持ができないように見えるが……

元々スキル能力で生き永《なが》らえてきたから、奪《うば》ったままだと死んじゃうのか？

『無限吸収』が『大食い』に変わっちゃったけど、これを返したら安定してくれるかな？

これまたイチかバチかでスキルを少女へ返してみることに。

初期化されているので、もう『無限吸収』に戻ることはないと思うが……

「ふ　ウ……」

よかった、少女の身体が完全に安定した！　能力も『大食い』のままだ。

『無限吸収』じゃなければ、もはや害はないはず。このままなら殺さなくても大丈夫だろう。

僕は少女を救えたような気持ちになり、思わず彼女を抱き上げる。

おっと、見た目は人間そのものでも、やっぱり粘体なんだな。感触《かんしょく》は水風船のようで、僕が力を入れた部分はぐにゃりと形が変わってしまう。

「ぱ　パぁ　ぱ？　ぱぁパ　すキ」

おお～っ、『念話《テレパシー》』じゃなくて言葉を喋ったぞ！　もしかして人間的な思考が戻ってきたんじゃないか？

今までは『無限吸収』のせいで食欲のみが表に出ていたけど、これからはほかの感情も表面化してくるような気がする。

「ぱぁぱ　いル　よ」

「うんうん、そうだね、パパはここにいるよ」

「アそ　こ　イる」

「あそこ？」

「ユーリ…………いったいナニしてるの……」

「へっ？　……わわっリノ！　みんなっ⁉」

振り返ってみると、そこには怒りの暗黒オーラをまとった六人の女性たちがいた。

「静かになったんで戻ってきてみれば、裸の女の子と抱き合ってるなんて！」とリノ。

「オレたちを追い出してまさかこんなコトを……見損《みそこ》なったぞユーリ殿っ！」とソロル。

「ユーリ様……さすがにこれは死罪ですわね」とフィーリア。

「変態過ぎマス、ご主人様っ」とフラウ。

「あーこりゃアタシも擁護《ようご》できないわ」とマグナさん。

「魔王《ユーリ》なんかを信じた私がバカだった……」とシェナさん。

「ンンンガアアアアオ……！」とルク。えっ、ルクまで怒ってるの？　なんで!?

ちょ……待って、みんな、これは違うんだって！　誤解だああああああっ！

「ぱぁぱ、おナカ　すいタ！」

慌てる僕に向かって、少女は元気にそう言ったのだった。

4．限界を突破《とっぱ》する

「ね、だからこの子があの『暴食生命体《アベルピスィア》』だって言ったでしょ」

「信じられないけど、本当にあの怪物がこんな可愛《かわい》い子になっちゃったのね……」

僕の言葉に、ようやくリノやほかのみんなが納得してくれた。

裸の少女と抱き合ってる姿を見られた僕は、半泣き状態で必死に説明した。

殺気だけで殺されそうだったけど、少女が粘体に戻ってくれたので、なんとか信じてくれたのだった。

ちなみに、この少女は色々な形状に擬態《ぎたい》ができるらしい。リノたちを見て、その外見を真似《まね》しようとしていた。

裸だったので適当に服を着せようとしたら、その服と同じものを自身の粘体で作り上げたりもした。

自分と同程度の大きさのものなら、なんにでも変身可能みたいだ。ただし、まだ不安定なので、ちゃんとした変身には練習が必要だろうが。

「パぁパ、モっと　ご　はン　たベタい」

「ん、アピ、ちょっと待って」

名前がないと不便なので、彼女のことは『暴食生命体《アペルピスィア》』から取って『アピ』と呼ぶことにした。

アピは無意識にこの少女の姿を作っているようだ。人間として生きていた頃の姿だと推測しているが、恐らく間違っていないだろう。

服を着た（ように変身した）アピは、見た目は普通の人間と完全に変わらなかった。もちろん、手当たり次第なんでも侵蝕して消化するようなこともない。

ただ、『大食い』なので常にお腹《なか》は空《す》いているようだ。この短時間で、すでにアピからは何度も食料を要求されている。

僕はアイテムボックスから食料を取り出し、またアピに与えた。

それをアピは、口には入れないで身体に直接突《つ》っ込《こ》んだ。粘体なので、どこから吸収しても同じなのだ。

まあでも、あとで口から食べることを教えないとな。他人に見られたら大騒《おおさわ》ぎになっちゃう。

それと、アピは話しかける度《たび》にどんどん言葉を覚えていった。

なかなか学習能力が高いと見える。もしくは、遠い記憶から思い出してるのかもしれないが。

元々『念話《テレパシー》』で思考を伝えることができたし、そう時間もかからず会話をこなすようになるだろう。

ちなみに、『無限吸収』が『大食い』に変わった影響か、『念話《テレパシー》』の能力はなくなってしまった。

ほかに変化したところといえば、もう魔法の吸収もできないようだ。ただし、毒や麻痺《まひ》などの状態異常は一切効かないし、物理攻撃も無効のままだ。また、吸収できなくなったとはいえ、魔法攻撃でもダメージを負《お》うことはない。

そうは言っても、『異界無限黒洞《ブラックホール》』や『空間魔法』などの弱点はあるし、ほかにも多分、探《さが》せばダメージを受ける攻撃はあると思う。アピにはもう攻撃手段がないし、戦闘には向かないだろうな。

アピは不老不死だったらしいけど、エラーしていたスキルが元に戻ったので、いずれ寿《じゅ》命《みょう》が来れば朽《く》ちて死ぬと思う。

それがいつになるかは分からないが、もうこの子は世界の脅威なんかじゃない。

その日が来るまで、生きたいだけ生きればいい。

「しっかしまあ、神様もさじを投げたという『暴食生命体《アベルピスィア》』を元に戻しちまうなんて、ユーリは凄いな」

マグナさんが無邪気《むじゃき》なアピを見ながら感心している。

「いえ、神様はさじを投げたんじゃなくて、何か思惑《おもわく》があって、あえてここにアピを封印した気がします」

「なんでそう思うんだ？」

「それは……なんとなくです。だって、もし本当に手に負えない怪物なら、人間が絶対行けないような場所にひっそり封印すると思うんですよね」

「うーんなるほどな。確かに、ここに大事な何かがあるように思わせた上で、あからさまに置いてあった。まるで試されているようだぜ」

試されている？

マグナさんの言う通り、そんな意図があるのかも？

「パぁパ、ダッこ？　シて」

「はいよ、アピ」

さっき抱き上げたことを『抱っこ』と覚えたようで、アピがまたせがんできた。

外見はもう人間と変わらないが、体温だけは違うんだよね。水のようにヒヤリとしてる。

でもピトッと吸いつくような感触は気持ちいいかな。

「なんかユーリが異常にアピちゃんに優《やさ》しいんだけど？」

恨《うら》みがましい口調《くちょう》で言いながら、ジト目で僕を睨《にら》むリノ。

そうかな？　みんなとも同じように接しているつもりだけど……ちょっと心外だ。

「だよな、オレたち相手にあんな優しくしてくれたことなんか一度もないぜ」

リノの言葉に、ため息をつきながらソロルも同意した。周りのみんなもうんうんと頷いている。

うーん、この展開はちょっとまずいかも。僕は大人《おとな》しくしながら、そっと彼女たちの顔色を窺《うかが》う。

そのとき、フラウがハッとして声を上げる。

「まさか、ご主人様は『ロリコン』というヤツなのでは……？　なるほど、だからワタシたちに手を出してこないんデスね！」

なんだその暴論《ぼうろん》は⁉　さも納得したとばかりに言ってるけど、全然違うからな！

そしてこれを聞いたフィーリアが、途端《とたん》に恐ろしい形相《ぎょうそう》になった。

「なんですってえっ⁉　ユーリ様、そんなご趣味《しゅみ》は絶対にいけませんわ！　わたくしがユーリ様を正常な道に戻して差し上げます！」

やっぱりこんな展開になっちゃうのか……でもここにメジェールがいなくてよかった。彼女がいたら、もはや暴走は止まらなかっただろうな。

「待ってよみんな、僕はこの子に普通に接してるだけなのに、なんでそんなこと疑《うたが》ってるの⁉」

「分からねーぞ。さっきアタシたちがいないときも抱き合ってたし、変な趣味でもあるんじゃねーか？」

「ユーリは年下趣味なの？　じゃあ年上の私が凄く不利じゃない、ダメよ！」

「ンガーオッ！」

ううっ、ベルニカ姉妹まで好き勝手言いだしたぞ。

この人たち、ホント僕の話聞かないよね。ルクまでなんだかヤキモチ焼いてるっぽいし……

もういいや、放っておくとしよう。

それにしても、何故か知らないけど、アピは僕に凄く懐《なつ》いてくれてるんだよね。もう少しで『異界無限黒洞《ブラックホール》』に全部吸い込ませちゃうところだったのに。

この子を殺さないで本当によかった。まるで娘ができた気分だよ。

それとアピとの戦闘後、部屋の封印が解けて秘密の通路が出現していた。『魔王を滅するカギ』はこの先に隠《かく》されているに違いない。

一息ついたあと、いよいよ『魔王を滅するカギ』をゲットするため、僕たちは通路の奥へと進んでいった。

◇◇◇

秘密の通路の奥にあったのは、十メートル四方ほどの宝部屋だった。

「うおおおおおスゲーぞコレ！　ユーリ、お前大金持ちだぞ！」

「まさに一国が買えるほどのお宝ね！」

ベルニカ姉妹が、小部屋に所狭《ところせま》しと積《つ》まれた財宝の山に大はしゃぎしている。

それとは対照的に、リノたちはめちゃくちゃ冷静である。

「うーん、まあゼルドナでも結構な財宝を見たしね」

「わたくしも特に貴金属には興味ありませんし……」

「オレもだな。魔王を倒せる凄い武器か何かを期待してただけに、ちょっと拍子抜けしちまったぜ」

「ワタシは凄いとは思いマスけど、山賊のときから高価なものには見慣れてしまって、イマイチ新鮮味《しんせんみ》がないデスね」

リノ、フィーリア、ソロル、フラウがそれぞれ感想を述べた。

彼女たちの言う通り、この手の物は散々《さんざん》見てきただけに、割と今さら感がある。

僕たちはお金には困ってないし、何より財宝じゃ魔王は倒せない。

だが、よく見てみると財宝はなかなか凄かった。確認した感じ、シルバーやゴールド、プラチナのような貴金属のほか、ミスリルやアダマンタイトなどの装備《そうび》用レアメタルのインゴットもある。

それどころか、僕のゴーレム『破壊の天使《メタトロン》』の素材でもある『蒼魂鋼《アポイタカラ》』や、それを超《こ》える神秘の超金属『火緋色鋼《ヒヒイロカネ》』のインゴットまであった。

『火緋色鋼《ヒヒイロカネ》』はまさに神話に出てくる究極《きゅうきょく》の金属。僕も実在するとは思ってなかった。

言い伝えによるところ、燃えるように真っ赤に輝《かがや》き、角度によっては虹色《にじいろ》の光沢が現れるという。手に取った真っ赤なインゴットがその『火緋色鋼《ヒヒイロカネ》』の伝説にある特徴《とくちょう》と合致《がっち》したため、もしかしてと思って『真理の天眼』で解析したら本物だと分かったのだ。

僕のスキル『物質生成』レベル６でも作れない金属だ。今後魔道具を作製するときに大いに役立つだろう。

おっと、アピがレアメタルにガジガジとかじりついている。

これこれよしなさい、お腹を壊《こわ》しますよ。

アピを引き剥がし、財宝をさらに観察した。

宝石の原石や魔水晶、爪《つめ》や牙《きば》など古代生物の身体の一部、珍《めずら》しい植物の種などなど、これらも魔道具作製の貴重《きちょう》な素材になると思う。

しかし、『魔王を滅するカギ』という割には、この程度のものでは到底魔王は倒せないんじゃ？

正直《しょうじき》、ここまで苦労した割にはだいぶ期待外《はず》れだ。

ひょっとして、暴走していた『暴食生命体《アベルビスィア》』をそのまま手懐《てなず》けていれば、魔王を倒せたってことなのか？

しかし、魔王ほどの存在なら、『暴食生命体《アベルビスィア》』を倒す手段を持っている気がする。

いや待て、『魔王を滅するカギ』があると勝手に僕たちは思っていたけど、そもそもその情報が間違っていたのでは？　この迷宮はアピを封じていただけの場所なのかもしれない。

とにかく、これ以上は何もなさそうだから、この迷宮の攻略はここで終わりだ。

「ユーリ、そう気を落とすなって。これほど色々素材があれば、かなり強化できるはずだぞ」

「そうよ、『火緋色鋼《ヒヒイロカネ》』で装備を作れば無敵なんじゃない？　加工の仕方が分からないのは困りものだけどね」

「そうですね。プラス思考でいきますか」

ベルニカ姉妹に励《はげ》まされて、僕も気を取り直す。確かに、今後魔道具の材料に困ることはない。

それに『火緋色鋼《ヒヒイロカネ》』は究極の金属だ。使いようによっては、コレで魔王を倒せる可能性もある。

って ことは、『火緋色鋼《ヒヒイロカネ》』が『魔王を滅するカギ』ってことかな。まあ今回はこれで充分だ。


「じゃあみんな、この迷宮を出ようか」

財宝を一通りアイテムボックスに収納すると、この迷宮から脱出するべく『転移水晶』を使おうとした。

そのとき、アピが奥の壁に張りついて、一生懸命《いっしょうけんめい》匂いをかぐような仕草をしているのが目に入る。

同じように、ルクも何やらその壁が気になっているようだ。

「アピ、ルク、どうしたの？　何か見つけたのかい？」

「パぁパ、ここ　はイル　いいにオイ　すル」

「え？　入る？　どこに？」

近くに寄ってみると、壁にちょっと見たくらいでは分からない程度の穴が開いていた。

それは直径一センチもないながらも、どうも分厚《ぶあつ》い壁の向こう側まで通じているようで、『暗視《あんし》』スキルで覗《のぞ》くと奥に何かが見えた。

『真理の天眼』で解析してみたが、さすがになんなのか分からない。

いろんな効果を打ち消す『虚無への回帰《ヴァニタス・エフェクト》』を試しにかけてみたが、この壁は魔法が一切通じないようだった。

恐らく、『盗賊魔法《シーフマジック》』でも無駄だろう。無理矢理破壊するなんてことも、迷宮の壁や地面は外的作用をほぼ受け付けないという特性があるので、かなり難しい。

どうすればいいんだコレ？

「パぁパ、アっち　いクくル」

「あ、アピ待って！」

なんと、アピが粘体の姿に戻って、細い穴に入ってしまった。

ちょ～っ、そっちに行かれちゃうと、何かあってもアピを助けられないんだけど⁉

「アピ、戻っておいで！」

僕はハラハラしながらそう呼んだが、アピは完全に壁の向こう側に行ってしまった。

どうしよう、せっかく可愛い娘ができたと思ったのに、このままじゃアピを連れて帰れない！

おたおたと慌てふためいていると、アピを呑み込んでいった壁が青く光り、巨大な岩壁《がんぺき》が音を立てて地面に吸い込まれた。

それによって、さらに奥への隠し通路が出現した。

まさか、アピがたまたまこの扉の仕掛けを作動させたということか？

そのアピはまた少女の姿に戻って、キョトンとした顔でこちらを見ている。

「ユーリ、これってもしかして……!?」

リノが期待いっぱいの目で通路の奥を見つめる。

「そうだ、本当の『魔王を滅するカギ』はこの奥にあるんだ！」

ちょっと待て、これ多分偶然じゃないぞ。アピが向こうに行くことによって、仕掛けが作動する仕組みだったんじゃないか？

だからアピをおびき寄せるための匂いも用意されていた。

そうか、アピは何かの理由があってここに封印されたと思っていたけど、この扉を開けるための鍵《かぎ》だったんだ！

今僕は気付いた。この迷宮は、『勇者』としての資質を試される場所だったのだ。

『暴食生命体《アベルビスィア》』に敵意がないことを見抜けずにそのまま殺してしまえば、この扉を開けることはできなかった。

強い力に溺《おぼ》れ、敵を無理矢理ねじ伏《ふ》せるだけでは、真の勇者とは言えない。

外見に惑《まど》わされず、相手の本質を見極《みきわ》められる判断力こそ大事なのだ。

魔王を倒すために必要な力とは、そういうものなのかもしれない。


『魔王を滅するカギ』はこの奥にある！


「行こう！」

僕たちは出現した通路を通り、奥へと向かった。

◇◇◇

隠し通路を抜けると、そこは財宝部屋よりもさらに狭い小部屋だった。

七メートル四方ほどの部屋の奥に、黒い石でできた椅子《いす》が一つだけポツンと置かれている。

椅子には肘掛《ひじか》けや背もたれもあり、見ようによっては玉座《ぎょくざ》と思えなくもない作りだった。

「ここが……『魔王を滅するカギ』のある部屋なのか？」

「うーん、またしても何か違うような……何もないわよ？」

今度こそと思っていたベルニカ姉妹が、落胆《らくたん》の声を上げる。

「確かに、先ほどの財宝部屋のほうが圧倒的に豪華《ごうか》でしたわね」

「諦《あきら》めちゃダメ、きっとこの部屋にも秘密があるんだわ」

失望の色を隠さないフィーリアを、リノが力強く励ます。

みんなは部屋を見回しながら、『魔王を滅するカギ』がどこにあるのか探そうとする。

しかし、どうもそれっぽいものがあるような感じがしない。黒い椅子にも特に仕掛けはなかった。

てっきり、分かりやすく宝箱などに入っていると思っていたので、またしても肩すかしを食らった気分だ。

本当にここにあるのか？

「おいユーリ、ちょっと来てくれ。ここに何か書いてあるぞ」

「これ……まさかと思うけど、多分『ムイリック文字』よ!?」

ベルニカ姉妹が、壁に何かが書いてあるのを見つけて僕を呼んだ。

「ムイリック文字？」

そこに近付いて『真理の天眼』で解析してみると、シェナさんが言う通り、これはムイリック文字と呼ばれる世界最古の文字だった。

「いったいなんて書いてあるのかしら？」

「こりゃお手上げだぜ、ムイリック文字なんて全然解読できてないのに」

「いえ……僕なら読めます！」

「なんだって、ウソだろ⁉」

マグナさんが言うように、この文字は未解読の部分が多い。ただ、なんとなくではあるけど、『真理の天眼』で意味を訳すことができる。

僕は書いてあることを読んでみた。


――此《こ》は神に並ぶ石座なり――

――囚《とら》われの魂を解き放ち――

――その力　天を突き破《やぶ》る――


「おわっ、なんだっ⁉」

「椅子が……光り出したわ⁉」

異変に気付いたベルニカ姉妹が声を上げる。僕が壁の文字を読むと、突然黒石の椅子が輝き出したのだ。解読したことによって、何かの仕掛けが発動したらしい。

この『ムイリック文字』を読める人間じゃないと、たとえここに来ても無駄だったということか！

僕は『真理の天眼』で解析したが、勇者のスキルにも『天眼』がある。多分それで読むことができるのだろう。

つまり、この椅子は勇者が来ることを想定して置かれていた！

「うーん……書いてある意味がよく分からないけど、つまり、この黒い椅子に座れば『魔王を滅するカギ』が手に入るってことかしら？」

「んじゃあアタシが座ってもいいのか？　……って、なんだこれ？　椅子に近付けないぞ⁉」

「ええっ？　そんなわけ……ホントだわ！　まるで椅子の周りに高密度のクッションがあるかのように、近付くだけで身体が押し戻されちゃう⁉」

マグナさんとシェナさんが椅子に近寄ろうとしたが、まるで見えない壁があるかのように、一メートルほど手前で押し戻されている。

その不可視《ふかし》の力を解析してみると……

「こ、これは……『重力反射《グラビティリフレクター》』です！」

『重力反射《グラビティリフレクター》』とは、簡単に言うなら物体を遠ざける力——斥力《せきりょく》だ。

『破壊の天使《メタトロン》』がこの力で地面から浮いているように、椅子から発生している強力な『重力反射《グラビティリフレクター》』によって、物体の接近を妨害しているらしい。

ならばと『虚無への回帰《ヴァニタス・エフェクト》』をかけてみたが、この『重力反射《グラビティリフレクター》』は解除できなかった。

要するに、この程度の『重力反射《グラビティリフレクター》』くらい力ずくでクリアしてみろと。

ここまで来られた者ならそれくらいできて当然だ……ってことなのかな？

僕の持つ『神盾の守護《イージスフィールド》』は僕への負《ふ》の効果を百分の一にするけど、自然現象などには無反応だ。

この椅子の『重力反射《グラビティリフレクター》』もそういう力に該当《がいとう》するらしく、『神盾の守護《イージスフィールド》』では軽減《けいげん》できなかった。

が、この程度の試練は問題ない。

近付く者を排斥《はいせき》しようとする超反発力をものともせず、僕は強引に接近し、肘掛けを手で掴《つか》んで無理矢理椅子に腰を落とす。

その瞬間、頭上から僕に向けて光がそそがれ、周りの時空が停止したかのような錯覚《さっかく》が起こった。

「んおおおっ、なんだコレ!?　身体中に……聖なるパワーが漲《みなぎ》ってくる！」

この感覚、以前にも味わったことがあるぞ！

『神授の儀』で『生命譲渡《サクリファイス》』を授かったとき……そう、全身の細胞が組み変わっていくような感じだ。

僕の肉体がより高位へ進化していく……！

「ユーリ、大丈夫⁉」

「ユーリ様っ⁉」

あまりに強い力が奔流《ほんりゅう》してきて、自分を抑《おさ》えられない。

そんな僕の様子を見てみんなが心配しているけど、もちろんなんの問題もなかった。

そうか、『魔王を滅するカギ』というのは……


新しいスキルを授かることなんだ！


僕の身体の改造が終わったようで、体内で暴れ回っていた力が静まった。

そして、授かったスキルが判明する。

進化の秘法——最上位Vランクスキル『限界突破』！

これはベースレベルの限界９９９を超えて、無限に成長できるスキルだ。さらに、倍速でレベルも上がっていくらしい。

これこそが真の『魔王を滅するカギ』か！　なるほど凄い！

上限なく強くなれるなら、魔王を完全に滅することだって可能なはず。

本当に凄い力を授かったぞ！

さらに、経験値も僕自身に100億入っている！　……って、え……？　ちょっと待て！

このスキルって、僕が取っちゃまずかったんじゃないか!?

僕は毎月100億経験値もらっているから、ここで100億もらってもそれほどありがたみはない。

だけど、この100億を本来の対象である『勇者』メジェールがもらっていたら、とんでもない強化ができた。

確か、僕がベースレベル999になるのに44億ちょっとの経験値がかかったから、メジェールが100億経験値と『限界突破』を手に入れていれば、レベル1000など軽く超えただろう。

勇者はベースレベルが上昇すれば勝手に所持スキルもレベルアップするし、余った経験値で個別にスキルの強化も可能だった。

恐らく史上最強の勇者が誕生《たんじょう》してたはずなのに、僕はそれを邪魔《じゃま》してしまった！

僕が経験値100億もらうのと勇者メジェールがもらうのでは全然価値が違う。

メジェールを連れてくれば、彼女にもスキルを授けてもらえるかもと考えたが、すでにこの椅子は役目を終えたようで、もう何も力を感じない。

そして当然ながら、僕がもらった力をメジェールに渡すことはできない。

これはやっちまった……

ムイリック文字は、『天眼』を持つ勇者であることを選別するためにわざわざ書かれていたのに、僕が『真理の天眼』で読めてしまった。

椅子から発生していた『重力反射《グラビティリフレクター》』も、覚醒《かくせい》した勇者以外では近付けないほどの効力を持っていたのに、僕が座れてしまった。

どちらの試練も、勇者じゃない僕がクリアしてしまったのだ。

スキルをもらって有頂天《うちょうてん》になっていたが、一気に奈落《ならく》に落下した気分だ。

……しかし、よく考えてみれば、勇者は一度死なないと覚醒することができない。

すでに僕の『生命譲渡《サクリファイス》』が失われた以上、メジェールは今後『真の勇者』にはなれず、その状態ではいくら『限界突破』があっても魔王には対抗できないだろう。

とすれば、僕がもらってもけっして失敗だったとは言えないか……

それでも、毎月100億もらえる僕よりも、メジェールが経験値をもらうべきだった気がする。

今さらどうすることもできないが。

「ユーリ、どうしたの？　深刻《しんこく》な顔してるけど何かあったの？」

「ああいや、大丈夫だよリノ。無事魔王を倒す力を授かったよ」

心配するリノにそう答えると、フィーリアとソロルとフラウが歓喜《かんき》の声を上げる。

「本当ですかユーリ様⁉　これでもう怖いモノはありませんわね！」

「やったぜユーリ殿！」

「さすがデスご主人様！」

みんなは喜んでくれているし、心配するかもしれないから、この詳細《しょうさい》は話さずにおこう。

実際、凄いパワーアップできたんだ。『限界突破』のおかげで、理論上僕は無限に強くなれる。

そう、ポジティブに考えれば、僕が『真の勇者』より強くなればいいだけのことだ。

責任がより重くなったけど、大丈夫、絶対魔王を倒してみせる！

迷宮で稼《かせ》いだ３０００万ほどの経験値と、元々あったストック分14億４０００万を合わせると、現在の所持経験値は約１１４億７０００万。これの使い道は、戻ってからまたゆっくり考えよう。

少し想定外なことは起こったが、目的のモノは無事手に入れたし、これで本当に迷宮探索を終えて僕は心から安堵《あんど》した。

「よし、今度こそ迷宮からさよならだ」

みんなを集めて『転移水晶』を使う。すると一瞬で最初の入口に戻され、真っ赤な夕日に僕らは迎《むか》えられた。

外に出るのは九日ぶりだな。あとはメジェールの待つゼルドナに帰るだけ。

そう思っていたのだが、なんと思いもよらない事態がこのあと待ち受けていたのだった。

◇◇◇

地上に出た僕らは、久々に帰るゼルドナに思いを馳《は》せていた。

迷宮内では本当に色々とあったが、魔道具に関する素材をたっぷり手に入れたし、僕も超パワーアップできた。充分な成果と言っていいだろう。

「うわー、夕日なのになんかスゴイ眩《まぶ》しく感じるわね」

「まるで吸血鬼《ヴァンパイア》にでもなった気持ちデスネ！」

九日ぶりに陽の光を浴《あ》びながら、リノとフラウが言った。

ちなみに、ベルニカ姉妹は一度魔導国《まどうこく》イオに戻るようだ。

魔導国イオへは僕の『転移水晶』では行けない。『転移水晶』は、製作者である僕が行った場所にしか転移できないからね。

そのため、魔導車をベルニカ姉妹に貸すことにした。

帰る前に、マグナさんとシェナさんが最後の挨拶《あいさつ》をする。

「ユーリ、今回は本当に世話になったな。命も救われたし、もはやなんてお礼を言ってい

「いか分からないくらいだ」

「別に気にしないでください。そのかわり、何かのときには是非《ぜひ》力を貸してください」

「任せとけ！　お前のためならいくらでも力になるぜ」

「そうね、安心して頼ってくれていいわよ」

マグナさんたちには、『魔王ユーリ』が作り上げられた虚構《きょこう》の存在だということは秘密にしてもらうことになってる。

本物の魔王軍に対抗するために名乗ったなんてすんなり信じてもらえる話じゃないし、このことが知れわたればきっと世界は混乱するだろう。マグナさんたちが『魔王ユーリ』に洗脳されたと思われる可能性すらあるし。

それより、彼女たちにはエーアストの危険性を訴《うった》えてもらうことにした。エーアストは現在、魔王軍に実効支配されているからね。

魔導国イオがエーアスト包囲網《もう》に加わってくれたら、かなり心強い。

イオが味方になってくれれば、西側諸国の中で僕の手が届いていないのはパスリエーダ法王国だけで、あそこには別に侵攻《しんこう》する必要はない。

むしろ、法王国を守るために、僕はゼルドナとディフェーザの二国を攻め落としたのだから。

パスリエーダ法王国は大陸の最南西にある国で、東にゼルドナ、北東にディフェーザ、そして北に魔導国イオがある。

つまり、これで法王国を守る壁が完全に出来上がった。

フィーリアが授かった預言は、『始まりの国に第一の魔が訪れ、やがて闇は広がり、人ならぬ国、聖なる国、背神の国にて、四つの魔が現れる』というものだった。

とりあえずこの中の『聖なる国』というのが法王国と想定して動いているが、まだまだ安心はできない。

何故なら、外から攻め入ってくるのではなく、直接法王国に魔の者が現れるかもしれないからだ。

法王国は聖なる結界で堅《かた》く守られているが、領内のどこかで魔の者が復活する可能性は充分にある。

防御する壁の内側に入られてしまうのは問題だが、その場合でも、近隣《きんりん》諸国を僕が管理していればすぐに対応できるはずだ。

法王国を直接僕が管理できれば、さらに安全度は高くなるだろうけど、さすがに法王国に攻め入るわけにはいかなくて……

そもそも法王様を差しおいて僕が法王国を管理しようというのも無理な話だ。あそこだけは特殊すぎる。

まあ法王国は世界一神聖な国だし、悪魔も易々《やすやす》と攻め込めないとは思うが。

現状ではこれ以上できることはない。エーアストを奪還してから、改めて法王国には魔の者について忠告をしよう。

その頃には、エーアストが本当の魔王軍に襲われ、支配されていたことも証明できると思う。

いや、必ず証明しなくては。そのために僕は、魔王のフリをしてまで他国を攻め落としたのだから。

エーアスト包囲網は着々と進んでいる。ゼルドナに帰ったら、もう一度みんなで方針を話し合うとするか。

「ユーリ、あともう一つだけお前には言っておきたいことがある」

「なんですか、マグナさん？」

去り際《ぎわ》に急にマグナさんの口調が変わって、なんとなく緊張が走る。

なんだろう、いつになく真剣な表情だな。

マグナさんは僕の目を見ながら、一呼吸おいて言葉を続けた。

「アタシもお前に惚《ほ》れちまった。まあそういうことだからよろしくな！」

「んををを？　マジですかマグナさん⁉」

「マジだ。これでも男に惚れたのは初めてなんだぜ。光栄に思ってくれよ」

「ね、姉さん、年下はタイプじゃないって言ったクセにずるいっ！」

「まあまあシェナ、姉妹で男を取り合うのもオツなもんだって」

わちゃわちゃと会話するベルニカ姉妹を見て、フィーリアから黒いオーラが噴《ふ》き出した。

こ、怖い……僕は何もできずにオロオロする。

「なんですのこの姉妹は⁉　男《おとこ》日《ひ》照《で》りでおかしくなりましたの？　殺しますわよ……」

「最後まで口の悪い王女様だぜ。だが嫌《きら》いじゃねーよ。あばよ、魔王ガールズ！」

フィーリアの怒りをサラッと躱して、マグナさんとシェナさんは去っていった。

こんな爆弾を落としてさっさと帰っちゃうなんて、無責任すぎるよ～。まあ嫌われるよりずっといいけどさ。

次に会うとき、どんな顔していいかちょっと悩むな。

さて、僕たちもメジェールの待つゼルドナに帰ろうと思ったら、そのメジェールから『魔導通信機』で連絡が来た。

なんだろう？　今から帰るところではあったが、とりあえず出てみる。

「もしもしメジェール？　ちょうどそっちに帰るところだったんだけど、何かあったのかい？」

「ユーリ？　無事迷宮の攻略が終わったのね⁉　心配したんだから……」

「ずっと連絡できなくてゴメン。で、どうかしたの？」

「あっ、そうなの！　今大変なことになってるのよ！　シャルフ王の国フリーデンが、エーアスト軍に……いえ、魔王軍に襲われてるの！」

ええっ、なんだってーっ⁉

5. 赤の騎士

「衰《おとろ》えたなシャルフ。もはやこの程度の力しかないとは」

「ほざくな！　ヴァクラースのいないお前ごときに何ができる⁉」

ＳＳＳランク『統《す》べる者』の称号を持つフリーデン国王――最強王シャルフ・アグードは、目の前の大男に怒りの言葉を放った。

その大男は身長二メートル七十センチもの巨体に深紅《しんく》の鎧《よろい》を着け、そして血のような生々《なまなま》しい彩《いろど》りをした大剣を片手に持っていた。

背が高い人間は細身になることが多いが、この男に限ってはそんなことはなく、ガッシリと幅《はば》のある身体から丸太のような筋骨隆々《きんこつりゅうりゅう》の手足を生《は》やしている。

まるでトロールと人間が混ざったような風貌《ふうぼう》だ。

この男の正体は、魔王軍の幹部《かんぶ》ヴァクラースと共に戦場を駆《か》け巡《めぐ》っていた

『黙示録の四騎士《ナイツ・オブ・アポカリプス》』の一人、赤牙騎士《ブラッドナイト》だった。

恐らく戦士としては世界最大の体格だろう。以前は二メートル三十センチほどといったところだったが、この一年で二回りも大きくなり、完全に人間離れした体躯《たいく》となっている。

対峙《たいじ》しているシャルフがまるで子供に見えるほどだ。

無論、この異常にはシャルフも気付いている。

かつてユーリから聞いていた通り、魔王の復活が近付くにつれ、悪魔たちの力が増大したのだ。

——それにしても、ここまで成長しようとは……!?

シャルフは背中に冷たい汗が流れるのを感じた。

彼は以前にも『黙示録の四騎士《ナイツ・オブ・アポカリプス》』たちとは対戦しており、そのときはシャルフのほうが押していた。

確かに手強い相手ではあったが、自分の敵ではなかったはずだ。

それが、今や自分のほうが手玉に取られていることにシャルフは戦慄《せんりつ》した。

九日前、ユーリがちょうど最古の迷宮に入った頃、エーアスト軍——つまり本物の魔王軍が隣国《りんごく》のカイダへと攻め入った。

ユーリの動きを見て狙《ねら》ったわけではなく、まったくの偶然である。

優れた能力を持つ『エーアストの神徒《しんと》』たちに植えつけた『魔王の芽《デモンシード》』が完全に成長し、ようやく準備の整った魔王軍が、ついに他国への侵略《しんりゃく》を開始したのだ。

『魔王ユーリ』がゼルドナを攻め落としたことをきっかけに、エーアストはカイダに攻め込む大義名分を用意した。

『ゼルドナを侵略した魔王軍《ユーリ》に対抗するため、対魔王軍戦力を持つ我がエーアストが、脆弱《ぜいじゃく》な諸国を直接管理する』

これはカイダ奇襲《きしゅう》後、エーアストが発表した声明文である。

この文書が魔導伝鳥によって近隣の国々に届けられた。もちろん詭弁《きべん》だ。

ユーリがゼルドナに侵攻せずとも、エーアストは適当に理由をつけてカイダを攻め落としていただろう。そもそも武力侵攻してよい理由にもなっていない。

ちなみに、カイダはエーアストの北西に位置し、距離《きょり》としてはエーアストから二番目に近い国だ。

一番近い国は西に位置するアマトーレだが、何故そちらから侵略しなかったかについては理由がある。

アマトーレのさらに西には、ユーリの持つゼルドナがあるからだ。

エーアスト魔王軍はゼルドナに対し一万に及ぶ魔物軍団を送ったが、あっさり返り討《う》ちに遭っている。そのことを警戒したのだ。

アマトーレを落とすことにより、隣国ゼルドナと事を構えてしまうのを嫌ったエーアストは、まずは確実にカイダを落として勢力を広げようと考えた。

結果的に、ユーリはアマトーレを守ったことになる。

もしユーリがゼルドナ侵攻を決断できずにグズグズしていたならば、カイダやアマトーレはおろか、ゼルドナすら魔王軍の手に落ちていた可能性もあった。

ユーリが強引に先手《せんて》を打ったことが功《こう》を奏《そう》したのだ。

とはいえ、依然《いぜん》としてアマトーレが危機に瀕していることに変わりはなく、魔王軍に侵略されるのも時間の問題ではあるが。

今回狙われたカイダ国は、周囲に巨大な砦《とりで》を配置した守りの堅い国であったが、力をつけた魔王軍相手ではそれも用を成《な》さなかった。

たった二日で、あっという間に攻め落とされてしまった。

そして侵略はそこで終わらない。

ユーリはゼルドナを落としたあと、貧しい国民を救うため内政に力を入れたが、魔王軍は当然アフターケアなどお構いなしだ。

混乱に陥《おちい》ったカイダを恐怖による支配で黙《だま》らせたあと、勢いそのままにシャルフが治《おさ》める国フリーデンに侵攻する。

もちろんシャルフは、そのエーアストの行動を予測していた。ヴァクラースならきっとこちら側が対策を立てる間も与えず、電撃的に一気に攻め入ってくるだろうと。

実際に来たのはその配下の赤牙騎士《ブラッドナイト》だったが、想定通りの展開だ。

しかし、全て予想の範疇《はんちゅう》だったにもかかわらず、フリーデンは現在窮地《きゅうち》に追い込まれている。

カイダと違って防護《ぼうご》の砦もなく、一気に王都まで迫《せま》られてしまったということもあるが、シャルフはエーアストの戦力を完全に見誤《みあやま》っていた。

王都前の平野にて、万全の態勢で魔王軍を迎え撃ったが、逆にエーアストの神徒たちに蹴散《けち》らされてしまったのだ。

『魔王の芽《デモンシード》』で強化された対魔王世代《クラスメイト》の軍団が、シャルフの兵士たちを次々と薙《な》ぎ倒していく。

フリーデンの兵数は一万とけっして多くはないが、最強王のもとで日々鍛《きた》え抜かれた屈《くっ》強《きょう》な兵士たちだ。その力は他国の二万の兵にも匹敵《ひってき》するだろう。

それを、まだ幼さの抜けきらない少年少女たちが、赤子の手をひねるように沈《しず》めていくのだ。

まさに一騎当千《いっきとうせん》。クラスメイトたちの一人ひとりが、ＳＳＳランクを超える働きを見せていた。

何人かは、あの最強の冒険者集団『ナンバーズ』に届くかもしれないほどであった。通常の兵士が何人集まろうとも、とても敵《かな》う相手ではない。

シャルフが持つ称号『統べる者』は、その場にいる配下の力を少しずつ吸収することで、際限なく当人の能力が上がるという効果を持つ。

つまり、味方の兵士が多いほど真価を発揮《はっき》する。

自国にて完璧《かんぺき》に布陣《ふじん》を張った状態での防衛戦なら、最大の力を出せた。

その力は彼が以前ユーリと戦ったときとは比べものにならないほどの強さで、たとえ相手がヴァクラースでも互角《ごかく》に戦える——そうシャルフは思っていた。

しかし、シャルフは宿敵《しゅくてき》ヴァクラースどころか、その配下の赤牙騎士《ブラッドナイト》にすら大苦戦中である。

その理由は、相手の能力の解析ができないシャルフには分かりようもないが、実は戦っている赤牙騎士《ブラッドナイト》のベースレベルがシャルフを遥《はる》かに凌駕《りょうが》していたからだ。

ユーリが危惧《きぐ》していた通り、魔王の復活段階に比例し、配下の悪魔たちも恐ろしくパワーアップしていた。

赤牙騎士もレベル999にまで成長していたが、この数値にそれほど意味はない。悪魔にはベースレベルという概念《がいねん》がないからだ。

人間に化けているため、持っている能力が人間のベースレベルの限界である999という数値に換算《かんさん》されているが、その内包している力はレベル2000にも3000にも匹敵しているかもしれない。

ベースレベル120のシャルフでは、称号の力をもってしても荷が重い相手だった。


すでに日は落ちかけ、薄暗い逢魔《おうま》が時を迎えている。

フリーデン側は多くの兵士が倒され、その勝敗は誰の目にも明らかであり、局地的《きょくちてき》な戦闘のみが激しく繰り広げられている状態だ。

シャルフの親衛隊《しんえいたい》を含め、上位の力を持つ騎士たちがこのままでは終わらないと気を吐いているが、敗北までは時間の問題だろう。

手の空《あ》いたエーアストの神徒たちが、最後の希望を潰《つぶ》すべくその局地戦へと向かう。

そして両軍の大将であるシャルフ王と赤牙騎士《ブラッドナイト》の戦いも、大詰《おおづ》めを迎えていた。

戦える兵士があまり残っていないので、シャルフが持つ『統べる者』の効果が落ちている。

十全の力を発揮できていても劣勢《れっせい》だったのに、今の状態では、もはやシャルフが赤牙騎士《ブラッドナイト》に勝てる道理はない。

しかし、シャルフはまだ諦めてはいなかった。回避《かいひ》不能の必殺剣『奥義・雷光天破《らいこうてんは》』を使ってないからだ。

『奥義・雷光天破』は、誰も使い手がいない神秘の魔法――『時間魔法』の『時間減速《スロー》』

を限定された領域《エリア》内に展開し、その『時間減速《スロー》』によって相手が鈍化《どんか》した刹那《せつな》、必殺の二刀で叩《たた》き斬る技だ。

ただし、『時間減速《スロー》』の効果はほんの一瞬。よって、シャルフも迂闊《うかつ》にこの奥義を出すことができなかった。

ちなみに、シャルフが『時間魔法』を使えるわけではない。厳密《げんみつ》に言えば『時間減速《スロー》』の効果を領域《エリア》内にもたらしているだけだ。

当然使える回数には限度があり、まさに一撃に必殺を込める技だと言えよう。

シャルフはこの奥の手を使うタイミングをずっと窺っていた。

この戦《いくさ》の大勢《たいせい》が決したことにより、赤牙騎士《ブラッドナイト》は慢心《まんしん》している。

もうシャルフには逆転の目がないと思っているのだろう。赤牙騎士《ブラッドナイト》の間合《まあ》いに隙《すき》が見えた。

劣勢を耐え凌《しの》ぎ、待ちに待った千載一遇《せんざいいちぐう》のチャンスが到来した。

ドラゴンすら一撃で屠《ほふ》る奥義だ。この『雷光天破』を一太刀《ひとたち》浴びせれば、赤牙騎士《ブラッドナイト》とて無事ではいられない。

赤牙騎士《ブラッドナイト》が死の間合いに踏み入った瞬間、シャルフは起死回生《きしかいせい》の技を撃ち放つ……！

「契《ちぎ》れ命運、『呪われし双子の罪《カースド・アコンプリス》』っ！」

シャルフがまさに斬りつける刹那、赤牙騎士《ブラッドナイト》が何かの技を発動した。

シャルフはその死の匂いを察し、間一髪《かんいっぱつ》で『雷光天破』を止める。

「……ちっ、あと少しで面白《おもしろ》いモノが見られたというのに。勘《かん》のいいヤツめ」

「貴様……今何をした⁉」

シャルフはここで気付く。

赤牙騎士《ブラッドナイト》が慢心しているフリをして、シャルフを誘い込んでいたのだ。

そう、わざと隙を見せていたのである。

――今『雷光天破』を放っていれば、恐らく自分は死んでいた。しかし、何故だ⁉

シャルフの身体に戦慄が走る。

『雷光天破』は回避不能の必殺技で、あのタイミングなら必ず仕留《しと》められたはず。

それなのに、逆に自身の死を感じてしまった。その理由が分からない。

「ふん、まあ教えてやってもいいだろう。もうお前はどうやってもこのオレには勝てないからな」

「どういうことだ？」

「今お前にかけた『呪われし双子の罪《カースド・アコンプリス》』は、オレが受けたダメージを全てお前にも与える呪いだ」

「ダメージを……このオレに⁉」

「そうだ。だがオレがお前に与えたダメージは、オレには返ってこない」

『呪われし双子の罪《カースド・アコンプリス》』とは赤牙騎士《ブラッドナイト》の持つ特殊能力で、自分が受けたダメージと同じダメージを相手にも与えることができる。

対象相手は一人だけだが、赤牙騎士《ブラッドナイト》が誰からどんな攻撃を受けようとも、呪われた相手に同量のダメージが行く。

たとえ高い防御力を有するゴーレムであっても、『呪われし双子の罪《カースド・アコンプリス》』の対象にされれば硬《かた》い外殻《がいかく》など関係なく同量のダメージを喰らう。

もちろん赤牙騎士《ブラッドナイト》自身もある程度傷を負うわけだが、相手が受けたダメージは赤牙騎士《ブラッドナイト》に返ってこないのが大きな利点だ。

つまり赤牙騎士《ブラッドナイト》は好き勝手にシャルフを攻撃できるが、相手はそうはいかないというわけである。

だが、シャルフは気丈《きじょう》にも言い返す。

「赤牙騎士《ブラッドナイト》よ、確かにオレはダメージを負うだろうが、お前も無傷ではない。オレさえ犠《ぎ》牲《せい》になれば、お前を殺すことができるのではないか？」

「クク、やってみろ。オレはまったく構わん。だが一つだけ教えてやろう。オレの体力《HP》はヴァクラース様よりも上だ。お前が数十回死のうともオレは死なんぞ？」

「バカな、そんな戯《ざ》れ言《ごと》、誰が信じるものか……！」

赤牙騎士《ブラッドナイト》の言葉をシャルフはそう否定したが、内心では嫌な予感がしていた。

自分を攻撃させないためのハッタリだと思い込みたかったが、確かにこの男からは底知れぬタフさを感じる。

そう、これはあの底知れない体力――『要塞《フォートレス》』の称号を解放したフォルスから受ける感覚と同じだ。

――赤牙騎士《コイツ》は……嘘《うそ》を言ってない！

そうなれば、自分には消耗戦《しょうもうせん》を仕掛けることは無理だ。たとえ赤牙騎士《ブラッドナイト》と戦っているのがフォルスだったとしても、『呪われし双子の罪《カースド・アコンプリス》』で一方的にダメージを受けるのではとても敵わない。

実際、魔王の腹心《ふくしん》中の腹心である四魔将を除《のぞ》けば、赤牙騎士《ブラッドナイト》は魔王軍の中で一番の体力《HP》を持っていた。

しかし、赤牙騎士《ブラッドナイト》はシャルフをいつでも始末できたのに、何故手を抜いていたのか？

その理由は、悪魔としての本来の力が取り戻せていなかった頃、この最強王には散々煮《に》え湯《ゆ》を飲まされたので、その報復《ほうふく》にこの上ない絶望《ぜつぼう》を与えてやりたかったからだ。

あえて隙を見せて奥義を喰らうことにより、そのダメージでシャルフを仕留めようとした。自《みずか》らの技で瀕死《ひんし》となるシャルフをあざ笑いたかったのである。

シャルフは必死に考え続ける。

自分の奥義は封じられてしまった。それどころか、自分はもう赤牙騎士《ブラッドナイト》を攻撃することすらできない。やれば無駄に死ぬだけだ。

いや、コイツに勝つ唯一の方法は、死の犠牲に耐えることしかないのかもしれない。

大勢で取り囲み、誰が何人呪いの犠牲になろうとも、徹底《てってい》して攻撃の手を休めない。

そうしてひたすら命の消耗戦を挑めば、いずれ赤牙騎士《ブラッドナイト》の体力も尽きるだろう。

……本当にそれしか手がないのか？

四魔将どころか、ヴァクラースの配下だというのに強すぎる！

ユーリでさえ、この赤牙騎士《ブラッドナイト》相手には歯が立たないのではないか？

シャルフは魔王軍との戦いの行く末を考えて絶望する。

「さてシャルフよ、そろそろ終わりにしよう」

赤牙騎士《ブラッドナイト》が剣を構えながら、シャルフのほうへ歩み寄る。

万策《ばんさく》は尽きた。

せめて、自分のあとに戦うユーリのために、何か活路《かつろ》を見つけたかったシャルフだが……

――終わりだな。

シャルフが完全に負けを認めたのは、ユーリと戦ったときに次いで二度目だった。

――ユーリ、オレの仇《かたき》を取ってくれよ。

シャルフは抵抗するのを諦め、運命を受け入れた。そこに、赤牙騎士《ブラッドナイト》の上げた剣が振り下ろされる。


…………ズドーン！


「な、なんだ今のは⁉」

地を鳴らす轟音《ごうおん》とともに、空から落ちてきた人間がいる。

「シャルフ王、助太刀《すけだち》に来ました！」

天から降ってきたのは、魔王少年ユーリだった！

◇◇◇

「フリーデンの戦況を聞いて飛んできました。迷宮に潜《もぐ》っていたので、遅《おく》れてすみません」

シャルフの絶体絶命の瞬間、『飛翔《フライ》』の全力速度で垂直《すいちょく》降下しつつ、地面激突《げきとつ》寸前に身を翻《ひるがえ》してユーリは降り立った。

ユーリは熾光魔竜《ゼイン》の背に乗って、文字通りゼルドナからここまで飛んできたのだ。『転移水晶』で直接フリーデンへは移動できないので、この方法が最速だった。

エーアスト魔王軍がフリーデンに侵攻したことは、情報屋が魔導伝鳥で全世界に報《しら》せていたので、ゼルドナに待機していたメジェールもすぐ知ることになった。

それで彼女は『魔導通信機』で慌ててユーリに連絡したというわけだ。

迷宮からずっと連戦続きだが、シャルフのピンチとあってはユーリも黙ってはいられない。

もちろんルクやリノたちも一緒に駆けつけ、さらには留守番《るすばん》係だったメジェールも来ている。

一時的にゼルドナが無防備になってしまうが、そんなことは言ってられない状況だった。

ユーリに続いて、離れた場所にメジェールとルクも降り立ち、それに遅れてリノたちも着地する。

彼女たちを降ろすため低空飛行をしていた熾光魔竜《ゼイン》は、全員が無事着地したことを確認すると、そのままゼルドナへ戻っていった。

「よし、いよいよ本物の魔王軍と対決だ。エーアストを出てから、どれほどこのときを待ち望んでいたことか……！　僕の力を試させてもらうぞ！」

「いきなり落ちてきて何かと思えば、なんだこの小僧は？　笑わせるのもいい加減にしろ。死ね！」

赤牙騎士《ブラッドナイト》が、血のように真っ赤な大剣でユーリを斬りつける。

それを何ごともないように軽く躱すユーリ。

「ユーリ、気を付けろ！　コイツの技は絶対に喰らうんじゃないぞ！」

シャルフが素早く忠告をする。

――そうだ、『呪われし双子の罪《カースド・アコンプリス》』を自分が喰らったままなら、ユーリにはダメージが行かない。

――今のうちに、一気に赤牙騎士《ブラッドナイト》を倒せばいい！　自分は死ぬだろうが、この危険な敵を倒せるのなら本望《ほんもう》だ。

――もしこの技のことをユーリが知れば、自分を助けようとして攻撃の手が鈍《にぶ》ってしまうかもしれない。何も知らない今のうちに、赤牙騎士《ブラッドナイト》に大ダメージを与えさせなくては！

シャルフは瞬時にそう判断し、自らが犠牲になることを覚悟して叫ぶ。

「ユーリ、赤牙騎士《コイツ》は危険なヤツだ！　お前の最強の技を使って一撃で殺せ！」

「ユーリ……!?　そうか思い出したぞ、お前がヴァクラース様の言っていたガキか。ならば、楽しませてもらわんとなあ」

赤牙騎士《ブラッドナイト》がニヤリと笑う。

「まずい……！　ユーリ、早く、早くコイツに攻撃を！」

「もう遅《おそ》い。喰らえっ、『呪われし双子の罪《カースド・アコンプリス》』っ！」

シャルフの忠告もむなしく、『呪われし双子の罪《カースド・アコンプリス》』の対象がユーリへと変わってしまった。

これで赤牙騎士《ブラッドナイト》へのダメージは、全てユーリにも流れてしまう。

「バカな……これでもう赤牙騎士《ヤツ》は倒せない！　無念だろうが、ユーリここは逃げろ！

一度逃げて対策を立て直すのだ！」

「ぐひひっ、無駄無駄、このオレ様が逃がすものか！　さて小僧、生意気《なまいき》なお前に地獄《じごく》を見せてやる。オレを攻撃してみろ！」

「待て、攻撃するんじゃないユーリ！　頼む、すぐに逃げてくれ！」

先ほどユーリに「最強の技を使って一撃で倒せ」と言ってしまったシャルフは、慌ててユーリを止める。

――この状況ではまた手詰《てづ》まりだ、なんとかもう一度仕切り直すしかない！　ユーリならきっと逃げられるはず……

しかし、シャルフの願いも届かず、ユーリは赤牙騎士《ブラッドナイト》へ向けて攻撃を放ってしまった。

――だめだっ、ユーリがやられては人類の希望がなくなる！

ユーリを救うためなら命すら差し出す覚悟のシャルフだが、何も手立てがない。

絶望が迫る中、シャルフはダメージの身代わりになることすらできず、ただそれを見ているしかなかった。

……その悲劇の戦闘を。

「『爆炎焦熱地獄《ゲヘナ・ボルケノン》』っ！」

ユーリは無詠唱《むえいしょう》で火属性魔法レベル8の魔法を撃ち放つ。

「お、おおっ！　なるほどこれはスゲー威力の魔法だ。ぐひひ小僧、お前に一気にダメージが行くぞ、死ぬなよ～」

「『爆炎焦熱地獄《ゲヘナ・ボルケノン》』、『爆炎焦熱地獄《ゲヘナ・ボルケノン》』、『爆炎焦熱地獄《ゲヘナ・ボルケノン》』っ！」

「ほほう、なんだやせ我慢《がまん》か？　そんなに魔法を連発しやがって……」

「『爆炎焦熱地獄《ゲヘナ・ボルケノン》』、『爆炎焦熱地獄《ゲヘナ・ボルケノン》』、『爆炎焦熱地獄《ゲヘナ・ボルケノン》』……」

「ちょ……待て、それ以上やったらお前死ぬぞ、分かってるのか？　……っておい！」

「『爆炎焦熱地獄《ゲヘナ・ボルケノン》』、『爆炎焦熱地獄《ゲヘナ・ボルケノン》』、『爆炎焦熱地獄《ゲヘナ・ボルケノン》』、『爆炎焦熱地獄《ゲヘナ・ボルケノン》』……」

「こ、こいつ、なんでこんなにダメージを喰らって平気なツラしてんだ？　とっくに死んでてもおかしくないのに!?」

「『爆炎焦熱地獄《ゲヘナ・ボルケノン》』、『爆炎焦熱地獄《ゲヘナ・ボルケノン》』、『爆炎焦熱地獄《ゲヘナ・ボルケノン》』、『爆炎焦熱地獄《ゲヘナ・ボルケノン》』、『爆炎焦熱地獄《ゲヘナ・ボルケノン》』……」

「待て、お前の根性《こんじょう》は認めてやる！　い、一度仕切り直ししようじゃねえか、な、だから魔法をやめろ……って、聞いてんのか？」

「『爆炎焦熱地獄《ゲヘナ・ボルケノン》』、『爆炎焦熱地獄《ゲヘナ・ボルケノン》』、『爆炎焦熱地獄《ゲヘナ・ボルケノン》』、『爆炎焦熱地獄《ゲヘナ・ボルケノン》』、『爆炎焦熱地獄《ゲヘナ・ボルケノン》』、『爆炎焦熱地獄《ゲヘナ・ボルケノン》』……」

「この野郎っ、こっちが下手《したて》に出てりゃあいい気になりやがって、ぶっ殺してやる！　って、くそっ、全然オレの攻撃が当たらねえっ、どういうことだ!?」

「『爆炎焦熱地獄《ゲヘナ・ボルケノン》』、『爆炎焦熱地獄《ゲヘナ・ボルケノン》』、『爆炎焦熱地獄《ゲヘナ・ボルケノン》』、『爆炎焦熱地獄《ゲヘナ・ボルケノン》』、『爆炎焦熱地獄《ゲヘナ・ボルケノン》』、『爆炎焦熱地獄《ゲヘナ・ボルケノン》』、『爆炎焦熱地獄《ゲヘナ・ボルケノン》』……」

「よせ、待てってば！　分かった、オレの負けだ！　なんなんだこいつ、タフすぎるぞ!?　こ、こんな怪物だなんて聞いてねえよっ」

「『爆炎焦熱地獄《ゲヘナ・ボルケノン》』、『爆炎焦熱地獄《ゲヘナ・ボルケノン》』、『爆炎焦熱地獄《ゲヘナ・ボルケノン》』、『爆炎焦熱地獄《ゲヘナ・ボルケノン》』、『爆炎焦熱地獄《ゲヘナ・ボルケノン》』、『爆炎焦熱地獄《ゲヘナ・ボルケノン》』、『爆炎焦熱地獄《ゲヘナ・ボルケノン》』……」

「まいったって言ってるだろ！　ちょ、ちょーおおおお死ぬ死ぬ、これ以上やられたら死んじまうっ、助けてっ」

「『爆炎焦熱地獄《ゲヘナ・ボルケノン》』、『爆炎焦熱地獄《ゲヘナ・ボルケノン》』、『爆炎焦熱地獄《ゲヘナ・ボルケノン》』、『爆炎焦熱地獄《ゲヘナ・ボルケノン》』、『爆炎焦熱地獄《ゲヘナ・ボルケノン》』、『爆炎焦熱地獄《ゲヘナ・ボルケノン》』、『爆炎焦熱地獄《ゲヘナ・ボルケノン》』………」

「ぐげぎげおげろばああああああっっっ……！」

百発ほど魔法を喰らって、赤牙騎士《ブラッドナイト》は消滅した。『神盾の守護《イージスフィールド》』と『超再生』を持っているユーリは、もちろん無傷である。

準備運動代わりのように軽く倒してから、ユーリはシャルフのもとに駆け寄った。

「シャルフ王、大丈夫ですか？　いったいなんだったんですかアイツは？　攻撃してみろって言うから適当にやりましたけど、まったく変なヤツですね。で、敵の親玉……ヴァクラースはどこですか？　今から倒してきます！」

「はっ？　……ははははは、お前は本当に魔王以上の強さだな。無駄な心配をしたオレがまるでバカみたいじゃないか」

「はい？　まああの程度のザコなら別にどうってことないですが……」

暴虐の巨獣王《カイザーベヒーモス》や冥王竜、暴食生命体《アペルピスィア》と戦ったユーリは、少し感覚がおかしくなっていた。

一応赤牙騎士《ブラッドナイト》の解析もしていたのだが、超強敵と連戦してきたユーリにとってはザコとしか思えなかったのである。

やたらしぶといとは思ったようだが、ただの下っ端《したぱ》悪魔程度の認識だった。

これはユーリが魔王軍を過大《かだい》評価して、上位の悪魔は驚異的《きょういてき》に強いだろうと思い込んでいるせいもあるのだが。

そもそも宿敵ヴァクラースがフリーデンに乗り込んできていると思っていたので、ユーリの意識はそっちに行っていた。

果たして本当に勝てるのかどうかも不安だったので、緊張で少し震《ふる》えていたほどだ。

そういうわけで、ザコとの戦闘は割とどうでもよかったのである。

ちなみに『呪王の死睨』を使えば即殺《そくさつ》だったろうが、悪魔とは初めて戦うため、様子を見るつもりでユーリは魔法で攻撃した。

仮に『呪王の死睨』を使っても、ユーリには即死攻撃が無効なので、『呪われし双子の罪《カースド・アコンプリス》』をかけられた状態でも問題はない。

ベースレベルが999《カンスト表示》ということも解析で確認していたが、迷宮で会ったカインたちがベースレベル500を超えていたため、完全に想定内だった。

『呪われし双子の罪《カースド・アコンプリス》』については、悪魔の技がどの程度か喰らってみたくもあったので、あえて『虚無への回帰《ヴァニタス・エフェクト》』で解除もしなかった。

その結果が今の戦闘だ。よく分からないまま勝ったという感じである。

ほか、悪魔に対するスキル強奪が可能かどうかも、今の戦闘中にユーリは確認していたのだった。


「さぁて、メジエールやリノたちはどうしてるかな？」

ユーリが『遠見《とおみ》』のスキルで見回してみると、あちこちに点在していたエーアストの神徒たちが全滅していた。

これは主にメジェールの仕業《しわざ》だった。

留守番ばかりで溜《た》まっていたうっぷんを晴らすかのように、縦横《じゅうおう》無尽《むじん》に暴れ回って全員倒した。

実は留守番のストレスだけでなく、ユーリに対する怒りも含められていたのだが。

フリーデン《こ》へ来る前、ユーリが迷宮からゼルドナに戻ったとき、一緒にいたアピを見てメジェールは驚いた。たった数日会わないだけで、また見知らぬ少女が増えていたからだ。

そしてその見知らぬ少女は、困惑するメジェールの前でユーリを「パパ」と呼んだのである。

これにはメジェールも怒り心頭《しんとう》で、自分の知らない間に子供まで作ったのかと、大爆発寸前になった。よく考えればそんなわけは絶対にないのだが……

このことについてはリノたちがユーリと一緒に事情を説明したので、メジェールの勘違いはすぐに訂正《ていせい》された。しかし今度はその説明の中でベルニカ姉妹という新たな女たちの存在が判明し、メジェールのフラストレーションは限界寸前となってしまった。

そういうわけで、メジェールは理不尽《りふじん》にもエーアストの神徒たちに怒りをぶつけまくったのである。

かなり手ひどく叩きのめされていたので、ああ可哀想《かわいそう》にとユーリは少し同情した。

今回はリノたちも大活躍で、手強いクラスメイトを一蹴《いっしゅう》している。迷宮で大幅なパワーアップをしたおかげだ。

また、ルクもこの戦いに大きく貢献《こうけん》している。

もしリノたちが苦戦するようなら、ユーリは支援《しえん》系魔法の『支配せし王国《キングダム》』で援護《えんご》しようと考えていたが、それも杞憂《きゆう》に終わった。

ちなみに、今回出陣してきたエーアストの神徒たちは、中位ランク以下の者ばかりである。迷宮でユーリ一行と対峙したカインたちよりも下の存在だ。

上位のレアスキル持ちメンバーは、今回の戦いには参加していなかった。

ここで少しでも多く魔王軍を叩いておきたかったユーリは、上位のメンバーがいなかったのを少々残念に思ったが、クラスメイトたちを捕《と》らえることもできたし、充分な戦果をあげたことに満足する。

そして、戦闘で負傷《ふしょう》したフリーデン兵士たちを治療《ちりょう》したあと、全員で王都に入ったのだった。

6. 次の作戦へ

「ユーリ、神徒《ヤツら》たちの対策はお前の言う通りにしておいたぞ」

「はい、これでもう大丈夫です。彼らは絶対逃げられないでしょう」

昨日の戦で捕らえたエーアストの神徒――元クラスメイトたちを含めた対魔王軍世代の連中は、フリーデン城の地下にある牢獄に幽閉《ゆうへい》してもらっている。

彼らのほとんどは『魔王の芽《デモンシード》』でかなり強化されているため、僕が『魔道具作製』スキルで特別な結界維持装置を作って、その能力を封じることにした。

上位スキル持ちの連中は今回の戦闘には参加してないので、僕の結界さえあればまず脱《だつ》獄《ごく》するのは不可能だろう。

『魔王の芽《デモンシード》』も改めて解析してみたが、除去する手掛かりは掴めなかった。

現状ではどうすることもできないので、みんなには申し訳ないが、僕がエーアストを奪還するまでもうしばらく幽閉所《ここ》で過ごしてもらうつもりだ。

もし奪還に手間取って長期化しちゃったらゴメンナサイかな。

ちなみに、生徒たちは昨日の戦闘でかなりの負傷をしてたけど、すでに治療済みである。

怪我《けが》をさせたのは主にメジェールだけど。

そして僕は、『スキル支配』の能力で彼らのレアスキルをコピーさせてもらった。『スキル強奪』だとあとで返さないといけないので、『スキルコピー』だ。

『道具製造』、『調合』、『錬金《れんきん》』、『鍛冶《かじ》』、『催眠術《さいみん》』、『擬装《ぎそう》』、『生活魔法』みたいな低レアスキルから、物理耐性が上がる『鉄壁《てっぺき》』や怪力が出せる『剛力《ごうりき》』、『神力上昇《しんりょく》』、『魔力上昇』、『魔法剣』、『狂戦士』、『付与術《エンチャント》』、『魔物使役《しえき》』というような中レアスキルまで片っ端《かたぱし》からいただいた。

『魔物使役』は、オルトロスを使役《テイム》していたクラスメイト――フクルースが持っていた『魔獣馴致』の下位スキルだ。

今回の戦いにはトウカッズも来ていたので、彼の持っている『迷宮適性』もありがたくコピーさせてもらった。今後迷宮に入るときには大いに活躍するだろう。

そしてSランクスキルの『魔法無効化《ウィザードキラー》』と『加速《アクセル》』も手に入れることができた。

『魔法無効化《ウィザードキラー》』はレベルに応じて魔法を無効化、もしくは減殺《げんさい》するスキルで、魔法を使ってくる相手にはめっぽう強いけど、味方からの回復系や支援系魔法まで無効にするので、使用するときは注意が必要となる。

僕は負の効果を九十九パーセントカットする『神盾の守護《イージスフィールド》』を持ってるので、あまり使い道はないかも?

『加速《アクセル》』は一時的に自分の行動が速くなる能力だ。それは単純に走るスピードが上がるということじゃなくて、剣技や魔法も含めあらゆる行動が速くなる。

一見地味に思えるが実はかなり強力で、こういう汎用性《はんようせい》の高いスキルは強化すると本当に強い。Sランクスキルながら、SSランク以上に使い勝手がいいかもしれない。

クラスメイトたちのおかげで、スキルを大量ゲットすることができた。

あとは今回来なかった上位クラスメイトのことだ。どんなスキルを持っていたんだっけ。

えーと確か、『魔眼《まがん》』、『魔獣馴致《じゅんち》』、『暗殺奥義』、『超能力《エスパー》』、『闘気術《オーラマスター》』、『星幽体《インビンシブル》』、『肉体鬼《ドーピング》』、『次元斬』などか……彼らは手強いだろうな。

さらにあの無法者たち――『覇王闘者《はおうとうしゃ》』のゴーグを筆頭《ひっとう》に、驚異的な攻撃力を持つ『砲撃手《ガンナー》』、やっかいな能力に成長していそうな『収集家《コレクター》』、ゴーグの彼女である『歌姫』もいる。

そして『剣聖《けんせい》』イザヤたち……まだまだ敵は多い。

まあ全部覚悟してきたことだし、どんなことになろうとも突き進むしかない。

もし今回捕縛した生徒たちが帰還《きかん》用の『転移石』を持っていたら、それを使って一気にエーアスト王都へ行くことも可能だったけど、残念ながら誰も持っていなかった。

まあでも、いきなり乗り込んでも行き当たりばったりになるので、焦《あせ》らず順を踏んで行動したほうがいいだろう。

「しかし昨日も言ったが、お前の強さはケタ違いなんてもんじゃないな。もちろん、お前が強いということは分かっていたが、赤牙騎士《ブラッドナイト》をザコと思ったまま軽く倒すとはな」

「いえ、その……まさかアイツの正体が赤牙騎士《ブラッドナイト》だったとは……あのヴァクラースの部下である『黙示録の四騎士《ナイツ・オブ・アポカリプス》』が、あんなに弱いとは思いませんでした。少々警戒しすぎていたかもしれません」

「ははは、それ以上言うな、オレの自尊心《じそんしん》に傷がつく。オレはアイツに手も足も出なかったのだからな」

「あ、すみません、慢心しすぎましたね。油断禁物だ」

「いや、それでいいんだ。必要以上に警戒せず、事実を正しく認識していればそれでよい。お前は『黙示録の四騎士《ナイツ・オブ・アポカリプス》』より圧倒的に強いということだ」

「はい。悪魔たちの力も、戦ってみてなんとなく掴めた気がします」

あの赤牙騎士《ブラッドナイト》は、解析でベースレベルが999となっていた。ただ、それはあくまでも表示上のもので、実際はそれ以上の実力ではあったのだろう。まあ、迷宮で会ったカインたちがレベル500を超えていたし、それくらいは想定内かな。

しかし実際に悪魔を解析して驚いたことがある。アイツらには人間のようなスキルがないのだ。

つまり、『腕力』や『剣術』などのスキルを持っていない。

まあ人間を装《よそお》うために、偽《いつわ》りのステータスを作り上げた痕跡《こんせき》はあったけど、僕の『真理の天眼』には通用しなかった。

でも、スキルがないのは考えてみれば当然なんだよね。ヤツらは悪魔としての力で戦ってるんだから。

レアスキルも、基本的には神様からの授かりものなんだから、悪魔が持っているわけがなかった。

そのスキルの代わりに、特殊能力をたくさん持っているらしい。赤牙騎士《ブラッドナイト》が使ってきた『呪われし双子の罪《カース ド・アコンプリス》』や、肉体の損傷を再生する能力などがそれに当たる。

ヤツらは『腕力』スキルがなくても怪力だし、魔法系スキルがなくても魔法が使えるし、特殊な悪魔の技も持っている。そのあたりはモンスターと一緒だ。

そして残念ながら、これらの能力は僕の『スキル支配』の対象にはならない。

それはいいんだけど、戦闘力がイマイチ測《はか》れないんだよね。

人間相手なら、ベースレベルとスキルを見れば、おおよその強さを測ることができる。

しかし、悪魔にはスキルがないのでその実力は未知だ。

例えば僕が『神遺魔法《ロストマジック》』で作り出した分身体も赤牙騎士《ブラッドナイト》と同じレベル９９だけど、スキルを一切持ってないためそれほど強くはない。ベースレベルの数値というのは、あくまでも目安なのだ。

ということで、赤牙騎士《ブラッドナイト》の戦闘力を正確には測れなかったけど、感覚的には、この前迷宮で戦った『全滅の牛頭人《ジェノサイダー》』四、五体分くらいの強さかな？

『黙示録の四騎士《ナイツ・オブ・アポカリプス》』が全員赤牙騎士《ブラッドナイト》と同レベルなら、残りの三人もなんとかなりそうだけど……そう上手《うま》くはいかないだろうな。

ヴァクラースやセクエストロ枢機卿《すうききょう》はさらに強敵だろうし、油断せず気を引き締《し》めていこう。

そう考えていると、シャルフ王が話しかけてきた。

「それとなユーリよ、これはまだ秘密の情報なのだが……実はエーアスト軍がカイダを攻め落としたあと、ファーブラが使節団……というか調査隊をカイダに送ってな」

「ファーブラが調査隊をカイダへ？」

「そうだ。此度《こたび》のいきなりの侵略に一番驚いたのがファーブラで、エーアストの真意を聞き取りに数人を派遣《はけん》したそうなのだ」

ファーブラはアマトーレ、カイダに続いてエーアストから三番目に近い国で、エーアストの北に位置している国だ。

そしてエーアストの一番の友好国でもある。

以前、フィーリアがメジェールたち勇者チームをファーブラに送ったが、それは一番信頼できる国だったからだ。

「何せ、宣戦布告なしの突然の侵略だったからな。『脆弱な国を魔王軍《ユーリ》から守る』という大義名分を出しちゃいるが、やり方が強引すぎて全世界がエーアストを非難《ひなん》している」

「よかった、他国もエーアストの危険性に気付いてくれたんですね！　これで僕も魔王のフリをする必要がなくなるかも」

「いや、話はそう簡単じゃなく、もしやエーアストとゼルドナはグルではないのかという意見も出ているのだ」

「えっ？　僕《ゼルドナ》とエーアストがグル⁉　どうしてそんな意見が？」

「ふむ、ゼルドナの魔王は元々エーアストにいたとか、エーアストの王女がゼルドナにいるとか、その手の情報が出回っていてな」

あー確かに、以前そんな情報を流されてしまったのは知っているけど……

そうか、他人から見れば、ゼルドナとエーアストの関係に疑問を持たれてもおかしくないのか。グルどころか、本当は敵対しているっていうのに！

「今回の侵略行為についても、東からはエーアストが侵攻、西からはお前のゼルドナが侵攻し、挟《はさ》み撃ちで世界を乗っ取るつもりではないかと疑われている」

「まいりましたね……そう思われてもおかしくない状況ですか。僕の軍がエーアストを叩き潰しに行けば、信用してもらえますかね？」

「まあ焦るな。強攻策に出ると、魔王軍《ヤツら》は無茶をするかもしれんぞ。何せ、人間の命など少しも惜《お》しいと思わぬ悪魔だからな」

うーん、シャルフ王の言う通りだ。僕が他国を侵略していくのとはワケが違う。

ヤツらは平気で人間を殺すし、人質《ひとじち》などにも利用するだろう。今強引に僕の軍を動かせば、ヤツらの思うつぼかもしれない。

いやしかし、考えてみればグルと思われているのはけっして悪いことじゃないな。

僕としては心外だけど、大事なのはエーアストを警戒してくれることだ。

むしろ、グルと勘違いさせたままのほうが、動きやすいかもしれない。

「それでここからが重要なのだが、実はそのカイダへ派遣した調査隊と連絡が取れなくなってしまって、ファーブラが困っているらしい」

「ええっ、いなくなっちゃったんですか？」

「分からん。すでに殺されている可能性もあるが、まだ消息不明になったばかりだ。たまたま何かの理由で連絡が取れないのかもしれない」

「いえ……やはり魔王軍の仕業だと思います」

「まあオレもそう思ってる。とにかくファーブラとしては不明のまま放っておくわけにはいかず、近々カイダに第二の調査隊を送る予定らしい」

「そんな、危険です！　いたずらに犠牲が増えるだけです！」

カイダにいるのはエーアストの魔王軍だ。それを知らないファーブラは、エーアストとの親交が深い故《ゆえ》に、まさか送った使節団がどうこうされるなんて思っていないのだろう。

エーアスト国民であるメジェールやイザヤたちの勇者チームも、以前ファーブラには大変お世話になったらしいし、エーアストの侵略行為についても、きっと何か理由があると信じているんだ。まずいな……

「オレも調査隊を追加するのは危険だと思う。だが、もしこの状況を確認できる国があるとするなら、ファーブラが一番適任だろう」

「しかし……」

「そこでだ。ユーリ、お前も一緒に行ってみてはどうだ？」

「えっ、僕を第二調査隊に入れてくれるんですか？」

「オレを誰だと思ってる。お前一人を調査隊にねじ込むくらい簡単なことだ」

それは好都合だ！　このあとどうやってエーアストに接近していこうか悩んでいただけに、正面《しょうめん》から堂々と探れるのはありがたい。

消えた調査隊の捜索《そうさく》もできるし、第二調査隊を守ることもできる。まさに一石二鳥《いっせきにちょう》。

……いや待て、向こうにいるのは僕を知ったクラスメイトばかりなんだから、顔を隠しても僕だとバレちゃうんじゃないか？

クラスメイトたちがカイダにいなければ、僕の素性《すじょう》を隠し通すことができるかもしれないけど、さすがにそんなわけないよな。

うーん変装《へんそう》か。どうだろう、なんとかなるかなあ。

………あ、そうだ！　この手を使えば、完璧に変装ができるかも？

実行するには少し練習時間が必要だな。しかし、試してみる価値は充分にある。

「シャルフ王、是非僕も参加させてください！」

「お前ならそう言うと思ってな、実はすでにファーブラには打診《だしん》済みだ」

「ありがとうございます！」

よーし、今後の戦略が見えてきた！

待ってろよ魔王軍、いよいよ本格的に激突だ！

第二章　ファーブラの調査隊

1．勝利の女神《めがみ》

「僕はシャルフ王のご紹介にて、今回の任務に同行させていただくヒロ・ゼインと申します。ヒロと呼んでください。突然の参入でご迷惑《めいわく》をおかけしますが、よろしくお願いいたします」

僕はカイダへ行くファーブラの使節団――第二調査隊のメンバーに頭を下げて挨拶をする。

『ユーリ』の名前は当然使えないので、『ヒロ・ゼイン』という偽名《ぎめい》を使うことにした。本名のユーリ・ヒロナダから『ヒロ』を取り、熾光魔竜《ゼイン》と組み合わせただけだが。

そして偽名に加えて変装もしている。

エーアスト魔王軍は、僕のことをお尋《たず》ね者として、似顔絵つきの手配書まで近隣諸国に回した。

ファーブラにもそれは送られているわけで、一般国民はともかく、調査隊のメンバーなら『ユーリ』の顔は知っているだろう。

もちろん、カイダにいるであろうクラスメイトにも素顔で会うわけにはいかない。

ということで、僕は今回、正体を隠して任務に当たるつもりだ。

さて、どうやって変装したかというと……なんと粘体生物《スライム》であるアピを使った。

アピは姿形を自由に変えられるので、僕に張りついて顔立ちを変えてもらったのだ。若すぎると怪しまれるので、二十五、六歳に見える外見となっている。

アピは顔だけじゃなく全身にまとわりついているので、僕の体型も少し変わっている。

通常よりも筋肉質に見える感じかな。

もちろん、この状態を維持するにはかなり訓練をした。最初こそ形が崩れちゃったりもしたけど、調査隊と合流する日まで二週間練習するうちに、完璧に固定することができるようになった。

アピはすぐにお腹が空《す》いちゃうので、頻繁《ひんぱん》に食べものをあげないといけないのが難点《なんてん》だけど。

変えた顔は、あまり特徴のない平凡な部類だと思う。このほうが、仮に少し形が変わっても気付かれづらいはず。

髪の毛だけは一応自前なので、生来の焦《こ》げ茶色のままだ。

ちなみに、アピは食べた物は全てエネルギーとして消費するので、排泄《はいせつ》の心配はない。

このアピの変装のおかげで、ファーブラの調査隊と至近《しきん》距離で挨拶しても、『ユーリ』ということには全然気付かれてはいない。

このあとクラスメイトにも会うだろうし、こんなところで変装がバレちゃうようでは、この先とても任務の遂行《すいこう》は不可能だろう。

なお、僕のいないゼルドナはメジェールやリノたちに任せ、ディフェーザは元々の統治《とうち》者《しゃ》であるマーガス王に託《たく》している。

熾光魔竜《ゼイン》と『破壊の天使《メタトロン》』も置いてきてるし、まあ大丈夫なはずだ。ルクが鳴いて寂《さび》しがったけど、これぱかりは仕方がない。

とりあえず、第一次関門は突破だ。

ファーブラの調査隊とは、フリーデンとファーブラの中間地点で合流した。

どちらの国も目的地のカイダから同距離程度の場所にあるので、そこがちょうどよい待ち合わせ場所だった。

位置関係としては、カイダの北東にファーブラ、北西にフリーデン、南西にアマトーレ、そして南東にエーアストとなっている。

調査隊のメンバーは五人と一体。

男性三人女性二人、そして見事な戦闘ゴーレム一体の構成だった。

「ヒロ様ですね。この度のことはシャルフ陛下《へいか》から伺《うかが》っております。私はこの調査隊の隊長を任されましたアニスと申します。こちらこそ、どうかお力添《ぞ》えよろしくお願いいたします」

今回のチームリーダーは、薄茶色のセミロングの髪を後ろでお団子にしている二十五歳くらいの女性だ。

身長は百六十センチほどで、綺麗《きれい》な外見もさることながら、立ち振る舞いからとても奥ゆかしい印象を受ける。

女王が統治する国ファーブラの使節団に相応しいリーダーだ。

失礼ながら解析させてもらったが、職業は神官らしく、『妖精騎士団《フェアリーナイツ》』というSランクスキルを持っていた。

実際に見てみないと分からないけど、妖精を召喚《しょうかん》できる能力のようだ。

妖精の力は精霊には及ばないものの、どうやら複数体喚《よ》び出せるようで、しかもそれぞれがいろんな攻撃方法や回復などの役割を担《にな》っているらしい。

面白いスキルだな。無断《むだん》でスミマセンが、ありがたく『スキル支配』でコピーさせていただきます。

ほかのスキルもよく育っているし、SSランク冒険者くらいの力はあるだろう。交渉力《こうしょうりょく》が重視《じゅうし》される使節団のリーダーとしては驚くべき強さだ。

それはもちろん、今回の任務がただの友好的な訪問ではなく、失踪《しっそう》した前任使節団の捜索も兼《か》ねているからだと思う。

そんな僕の考えを裏づけるように、このアニスさんというリーダー以外も、全員ただならぬ力を持っていた。

「オレはヨシュアという。『魔法剣士』で得物《えもの》は剣を使うが、ほかにもなんでもござれだ。オレに苦手なモノはないんでな」

ヨシュアという男の人はメンバーの中では一番大柄で、身長百八十センチほどのガッチリした体格だ。今回の調査隊に選ばれるだけあって、やはりSSランク以上の力は感じる。

そして持っているレアスキルはSランクの『武芸百般《オールマイティ》』というモノで、武器でも魔法でもなんでも使えるようになる能力らしい。

苦手なモノがないと言った理由がコレだ。

普通は、物理攻撃系のスキルを習得すれば魔法は覚えづらくなるし、『剣術』スキルを強化すれば『弓術』スキルが上がりづらくなったりする。

習得傾向は大抵何かに特化してしまうので、万遍《まんべん》なく覚えていくのはかなり難しいのだが、このスキルにはそういうことが一切ないようだ。

さらに面白いのは、一つの戦闘スキル——例えば『剣術』のスキルレベルを上げると、ほかの様々な戦闘スキルもそれに比例してレベルが上がるという特徴があることだ。

仮に『剣術』をレベル9に上げたら、『斧術《ふじゅつ》』、『槍術《そうじゅつ》』、『弓術《きゅうじゅつ》』などのスキルが全部レベル3になるとか、そういう効果がある。

さすがに『剣術』と同じレベルまでは上がらないが、一つスキルレベルを上げるだけで全体的に強くなれるので、非常にお得だ。

多分、『武芸百般《オールマイティ》』のスキルレベルを上げると、ほかのスキルのレベル上昇率も上がるのだろう。この辺の比率は、実際に『武芸百般《オールマイティ》』のレベルを上げてみないと分からないけど。

結構便利なスキルじゃないかな。これも無断で申し訳ないが、スキルコピーをさせてもらおう。

……うおっ、コピーした途端、僕が持ってなかった戦闘スキルを全部習得した上に、その覚えたての『斧術』や『槍術』、『盾術《たてじゅつ》』などの全レベルが上がった！

レベル1からレベル8になっているぞ。

どうしよう、経験値を節約しているけど、このスキルはレベルを上げる価値があるかもしれない。

戦闘スキル全部が上昇してくれるのは絶対にお得だ。よし、上げてみよう！

僕は約10億2000万経験値使って、この『武芸百般《オールマイティ》』をレベル10にした。すると、僕の持っていた『斬鬼《ざんき》（融合《ゆうごう》済み）』レベル10に比例して、ほかの全戦闘スキルのレベルが一気に上がった。

なんと、覚えたばかりでレベル8だった『斧術』、『二刀流』、『両手持ち』、『槍術』、『打術』、『投術』、『盾術』、『退魔術』がレベル10になって、ほかのスキルと融合したのだ。

『斧術』は『腕力』と融合して、上位スキル『壊鬼《かいき》』へと進化した。これはかつて戦った山賊のボス、ボルゴスの持っていたスキルだ。

『腕力』スキルはすでに『武術』と融合して『闘鬼《とうき》』になっていたが、『腕力』としての性質は消えてないので、問題なく融合できたようだ。

同じように、『二刀流』が『器用』と融合して『轟鬼《ごうき》』になった。これはシャルフ王が持っているスキルである。

『両手持ち』は『腕力』と融合し、『ナンバーズ』のフォルスさんが持っていた『断鬼《だんき》』になった。

そのほか、『槍術』は『器用』と融合して『嵐鬼《らんき》』に、『打術』は『腕力』と融合して『狂鬼《きょうき》』に、『投術』は『精密《せいみつ》』と融合して『撃鬼《げっき》』に、『盾術』は『反応』と融合して『守霊鬼《しゅれいき》』に、『神術』は『退魔術』と融合して『神護主《しんごしゅ》』に進化した。

これらの上位スキルが全部レベル8まで上がっている。めちゃくちゃ凄いぞ。

ちなみに、『打術』というのはウォーハンマーやフレイル、メイスなどの殴打《おうだ》武器を、『投術』は円月輪《チャクラム》やブーメランなどの投擲《とうてき》武器を扱《あつか》うスキルだ。

僕は剣以外の武器――つまり斧やハンマー、ブーメラン、そして盾などは使わないけど、レベルが高くて困ることはない。ひょっとして使う機会が来るかもしれないしね。

それに、弓術の上位スキル『閃鬼《せんき》』もレベル8になった。狙撃《そげき》性能が優秀《ゆうしゅう》なコレはいずれ上げようと思ってたんだけど、レベル8にするには経験値25億以上かかるところなので助かった。

これだけでも大きく得をしたし、格闘スキル『闘鬼』や暗殺スキル『冥鬼《めいき》』もレベル8になったのはありがたい。

『魔導鬼《まどうき》』と『神護主』はレベル1なんだけど、これらは物理系スキルと系統が違う魔法系スキルだからかな。多分『魔導鬼』を上げれば、それに呼応して『神護主』も上がるんだと思う。

『神護主』は、聖なる力を行使する能力のようだ。

この魔法系二つのレベル上げについては、今のところは保留にしておこう。

ヨシュアさん本当にありがとうございます。勝手にスキルコピーしちゃいましたが、おかげでもの凄くパワーアップできました！

アニスさん、ヨシュアさんに続いて、次の人の紹介が始まる。

「オイラはケット。自分で言うのもなんだが結構優秀な盗賊《シーフ》で、そんで面白い能力も持ってるんだぜ。なんと、相手の戦闘力が数値で分かるのさ！」

このひょうきんそうな人は小人族《ハーフリング》で、身長は百二十センチ程度。

本人が言うように非常に優秀な盗賊《シーフ》……いや、その上級職の『探求者《シーカー》』で、恐らく本業はSSランク冒険者だろう。そして『真理の天眼』の解析では、『測定者《カウンター》』というAランク称号を持っているのが分かる。

……え、今なんて言った？　相手の戦闘力が数値で分かるだって⁉

「ヒロ、キミの戦闘力もオイラの能力『測定者《カウンター》』で解析できるよ。どーれ、失礼ながら見させてもらうよ～……ん、戦闘力１５１０か。凄いけど、聞いてたのとちょっと違うなあ」

僕の戦闘力が１５１０？

基準《きじゅん》が分からないから、凄いのかどうかよく分からないな。

「ちなみに、戦闘力１０００以上ならＳＳＳランク冒険者って感じだよ。まあ戦闘力と言っても、実際の戦いは単純な数値で決まるわけじゃないから、あくまで目安だけどな」

いやあよかった……『擬装』スキルで僕の強さを擬装しておいて。

相手の力をある程度見通せる人がたまにいるので、万が一のことを考えて、一応ＳＳＳランク程度の力に見せかけておいたんだ。それくらいがちょうどいいかなと。

まさか能力を数値で測れる人がいるとは思わなかったけど、まさに想定通りの解析をしてくれた。

『測定者《カウンター》』か……僕も欲しいけど、これはスキルではなく称号だからコピーできないんだよね。

とても珍しい称号だけど、ハーフリングだからかな？

「オイラにかかればどんな擬装も見破《みやぶ》るから、相手の戦力分析には最適なのさ。それで今回の任務に呼ばれたんだけどな」

ケットさんはそう言っているが……僕はベースレベル９９９だし、『擬装』スキルもレベル10なので、『測定者《カウンター》』といえども正確には分からなかったんだと思う。

その上、『神盾の守護《イージスフィールド》』によって『測定者《カウンター》』の測定能力も百分の一になってたんじゃないかな。自分の戦闘力を測られてしまうのは負の効果といえるし。

まあ僕のことを解析するのはかなり難しいだろう。

「それにしても、シャルフ国王が送ってきた紹介状には、ヒロのこと世界最強だって書いてあったんだぜ？　今回の任務でも、ヒロさえいれば絶対に大丈夫って話だけど……」

「ケット、シャルフ陛下は私たちを安心させるためにそう紹介してくれたのですよ。それに、シャルフ陛下は少し大げさに仰《おっしゃ》る方ですから」

「そっか……アニスの言う通りかもな。でもどれほど強いのか楽しみにしてたから、少し期待外れだったよ。あ、ヒロすまん、別にお前に不満があるわけじゃないから許せ。充分強いよ！」

「いいんですよ、僕もなるべくお力になれるよう頑張ります」

このケットって人は凄く気さくだった。チームのムードメーカーってところだな。

相手の戦力分析ができるのもさることながら、上位盗賊《シーフ》の『探求者《シーカー》』だから『盗賊魔法《シーフマジック》』も当然のように持っている。万が一のトラップ対策にもうってつけだ。

迷宮《ダンジョン》じゃなくても充分頼もしい人で、選ばれて納得といえる。

「次は我《わ》が輩《はい》の番じゃな。我が輩はムドマン、このゴーレム『ニケ』の操縦者《ゴーレムマスター》じゃ。もうコイツのメンテナンスを三十年もやっとるで、我が輩の嫁《よめ》さんみたいなもんじゃ」

「ムドマンさんは未《いま》だに独《ひと》り身ですものね」

「ガッハッハ、それを言うなアニスよ。五十年以上生きても『ニケ』以上の女《こやつ》には巡り会えぬでの」

おお〜、コレがファーブラが誇《ほこ》る勝利の女神『ニケ』か！

女王国家になぞらえて作った女性型のゴーレムがいると聞いてたけど、実際に見たのは初めてだ。

『ニケ』の体長は二メートルほどで、銀色に輝く身体《ボディ》は、主にミスリルで作られている。外見は人間の女性に非常によく似せられていて、その精緻《せいち》な作りはもはや芸術品だ。それでいて、かなりの戦闘力も感じる。

まさに国宝。この『ニケ』の完成にどれほどの年月を費《つい》やしたことだろうか。

「ケットが言うには、『ニケ』の戦闘力は６５００という話じゃからな。まあ人間ではほぼ勝てるヤツはおらんだろう」

なるほど。先日、迷宮内で戦ったミスリルゴーレム——クラスメイトであるリーナスが作った『ミリムちゃん』と互角以上の強さはあるかもしれない。

『ニケ』について自慢げに話すムドマンさんは五十半ばくらいのおじさんで、恐らく魔導機整備士だ。そして操縦者《ゴーレムマスター》の才能もあると思われる。

僕やリーナスは特殊スキルでゴーレムを作ってしまうため、特に意識することなくゴーレムを自在に操《あやつ》ることができる。

特に僕の場合、超高性能のゴーレムが作れるため、命令に対しての対応が非常に柔軟《じゅうなん》だ。

しかし通常は、ゴーレムというものはそこまで器用に動かすことはできない。魔導機であるゴーレムを動かすには操縦者の魔力を正確に同調《シンクロ》させなければならないからだ。

これは努力によって鍛えることができるが、生まれ持った才能も大きく関わってくる。

このムドマンさんは『技術者《エンジニア》』というAランク称号を持っていて、魔導機の扱いに非常に優れているようだ。それで、若い頃からずっと『ニケ』の操縦やメンテナンスを任されてきたんだろう。

『ニケ』ほどの宝を持ち出すのだから、今回の調査任務には相当重要な意味があるということだ。

ファーブラはエーアストの最大の友好国だけど、結構警戒しているのかもしれない。

もしそうなら、僕も動きやすいんだけどね。

さて、残りのメンバーはあと一人。

「ワタシはディオーネ。『女王親衛隊《ソード・オブ・クイーン》』直下に所属する特殊任務隊の隊長だ。この調査隊でも戦闘指揮官を任されている。お前もワタシの指示に従《したが》ってもらうぞ」

五人目――最後の調査隊メンバーは、スラリとしたスタイルの女性だ。身長は百六十七センチほどで、燃えるような赤い髪を腰まで伸ばしている。

年齢はアニスさんより少し下……二十三歳くらいだろうか？

冒険者であるヨシュアさんやケットさんと違って王国所属の騎士で、武器として槍《やり》を持っている。若いのに特殊任務隊の隊長だなんて、相当な才能だろう。

その推測通り、解析では『穿《うが》つ者』というSランク称号を持っていて、ベースレベルも108と非常に高い。SSSランク冒険者と同程度以上の強さはあるだろう。

こんな人がファーブラにいたんだな。

「ヒロ様、このディオーネは他国には知られていませんが、実は我がファーブラ一の騎士なのです。『女王親衛隊《ソード・オブ・クイーン》』は自国から動けぬため、ディオーネが同行することになりました」

アニスさんが僕にそう説明してくれた。

「ファーブラ最強ということですか？　それは凄いですね」

「槍術の天才です。いずれファーブラを背負《せお》う立場になってくれるでしょう」

『女王親衛隊《ソード・オブ・クイーン》』の強さはエーアストの『国王守護騎士《キングズガード》』と同レベルらしいので、冒険者でいうところのSSSランクという強さだ。

このディオーネという女性は、それを超える能力を持っている。

確かに、ファーブラの未来を担う存在だろう。

それはいいんだけど……なんかディオーネさん、ずっと僕のこと睨みつけてきて怖いんですけど？

「ヒロ・ゼイン……お前のことをシャルフ様は異常に高く評価しているが、それはいったい何故だ？」

「は、はいい？」

え、ディオーネさん、ひょっとして怒ってませんか？

僕に対し、何故か不満をあらわにするディオーネさんを見て、アニスさんが注意する。

「およしなさいディオーネ。ヒロ様には何も罪はありませんよ。すみませんヒロ様、このディオーネはシャルフ陛下のことを崇拝《すうはい》しておりまして……」

「へーそうなんですか。で、少々お怒りに見えますが、それは何故でしょう？」

「何故だと？　お前はシャルフ様から最大の信頼をもって紹介されたのに、実際は力の足《た》りぬヤツだった。お前はシャルフ様の期待を裏切ったのだ。なのに、何故そんなにヘラヘラしていられる？」

ええっ、そんなこと言われましても⁉

なんか言い掛かりをつけられている気がするんですが、これどうすればいいの？

「ディオーネ！　ヒロ様はけっして力不足などではありませんよ。これほどの剣士は世界にもそうはいないでしょう」

「し、しかしアニス様、シャルフ様はコイツのことを『親友』とも言っていたのですよ⁉

『ナンバーズ』のフォルス様ならいざ知らず、こんな得体の知れない男のことを親友と呼ぶだなんて、おかしいですよ！　コイツにはきっと何か裏があります！」

うーん、それは意外に鋭い洞察《どうさつ》かも。

僕みたいなヤツが最強王の親友だなんて紹介されたら、疑ってかかっても仕方ないよね。

まあでも、シャルフ王はそういうノリで紹介しちゃう人だからなあ。

怒りがおさまらないディオーネさんを制止しながら、アニスさんは再び僕に頭を下げる。

「すみませんヒロ様、突然シャルフ陛下の親友という存在が現れて、ディオーネは嫉妬《しっと》しているのです。ディオーネの目標はファーブラを背負って立つことではなく、シャルフ陛下の右腕になることなんですよ」

「ア、アニス様、そのようなことは……」

「このディオーネは、以前シャルフ陛下と親善《しんぜん》試合をしたことがあって、そこで完膚《かんぷ》なきまでに負けてしまったのです。それ以来、すっかりシャルフ陛下に心酔《しんすい》してしまって……」

「そ、それはそうでしたけど……」

「シャルフ陛下は間違いなく世界最強のお方です。そのシャルフ陛下が、ヒロ様のことを『自分よりも遥かに強い世界最強の男だ』と我々に紹介なさったので、ディオーネにはそれが気に入らないようなのです」

「そ、そうです、こんな男がシャルフ様より強いとはまったく思ってませんが、シャルフ様から厚《あつ》い信頼を受けている理由が知りたいだけなのです。けっして嫉妬などでは……」

なるほど、そういうことでしたかディオーネさん。

これは恋する乙女心《おとめごころ》というヤツなのでしょうか？　僕が女性ならまだしも、男なんだから気にすることないのに……

とはいえ、シャルフ王は男の僕でも見惚《みほ》れちゃうような男っぷりだからなあ。

いや恋じゃなくて、本当にシャルフ王の右腕の座を狙っているとしたら、確かに僕は邪魔者に見えるかもしれないけど。

ディオーネさんの完全な勘違いだが、どう説明すれば分かってもらえるのかな？

「お前っ、このワタシと勝負しろ！　実力を確かめてやる！」

「およしなさい、もう出発しますよ。ヒロ様、こんな私たちですがどうぞよろしくお願いいたします」

「こちらこそ、よろしくお願いいたします」

危《あや》うくこじれそうになったけど、アニスさんのおかげでなんとかこの場は収まった。

ということで、調査隊は僕を入れて男四人女性二人の計六人チーム。

お互いの自己紹介を終えたあと、僕たちはファーブラの馬車に乗り込み出発した。

2. キルデア砦へ

僕を含めたファーブラの第二調査隊は、現在馬車にてカイダ国へ向かっている。

目的は、カイダ国に向かったあと消息不明となってしまった使節団——第一調査隊を探すことだ。もちろん、カイダを侵略したエーアスト軍の真意を探る目的もある。

カイダ国王都まではここから四日ほどの距離だけど、その前に砦を通過しなくてはいけない。

軍事力に乏《とぼ》しいカイダ国は、周囲に堅固《けんご》な砦を構えて他国からの侵略に備《そな》えていた。

そのおかげで、本来ならそう簡単に奪える国ではないのだが、エーアスト魔王軍はそれをあっさりと攻め落としてしまった。まああの強化されたクラスメイトたちが大勢押し寄せたのでは、たとえ砦があろうとも守りきれなくて当然だが。

もし攻めてきたのが普通の兵士たちだったら、軍事力の弱いカイダ国でも最低一ヶ月以上は持ちこたえられたはずだ。いや、通常のエーアストの軍事力では、カイダ国は攻め落とせなかったかもしれない。

そもそも超大国であるグランディス帝国以外は、どこの国もそれほど軍事力に差はない。

無敵の守護神『憤怒の魔神《エルガーギガント》』がいたディフェーザも、他国を攻める力はどっこいどっこいだ。

魔導国イオは一つ抜けた力を持っているが、隣国がグランディス帝国、ディフェーザ、パスリエーダ法王国なので、攻め入る国がなかった。まあイオは好戦的な国ではないというのもあるけどね。

なお、魔人国だけはほぼ他国との交流がないので、内情がどうなのかは知られていない。

その保たれたパワーバランスの中、エーアストはいきなりカイダを侵略してしまった。

僕もゼルドナとディフェーザを攻め落としているが、それはあくまで『魔王』としての所業《しょぎょう》だ。人間同士での争《あらそ》いというわけではない。

しかし、エーアストは人類として同族を侵略してしまった。このことが世界に与えた影響は大きい。

特にファーブラは、エーアストの隣国にして、最大の友好国でもある。崩れたパワーバランスをなんとかしなくては、次は我が国《ファーブラ》かもしれないと危惧するだろう。

ということで、ファーブラから第一、第二の調査隊が出されたわけだが、旅の最初の難《なん》所《しょ》が今から行くキルデア砦になる。

この砦はカイダ領土の北部に位置しており、エーアスト軍に襲われた砦とは別だ。

カイダの砦は領内に三ヶ所ほど存在し、エーアスト軍が襲ったのは南東にある砦。そこから王都を攻め落としたということだ。

明日の夕方にはキルデア砦に着くはずだが、さてどんな状態になっているのか……

ちなみに、馬車の御者《ぎょしゃ》はケットさんが担当している。

小柄なハーフリングなので馬の扱いは大変ではないかと思ったけど、さすが熟練《じゅくれん》の盗賊《シーフ》だけあって、いろんな技能を持ってるようだ。

そして『見張りっ子《ウォッチャー》』と呼ばれる妖精が、馬車の周りをくるくると回りながら危険探知をしてくれている。

これはアニスさんが持つ『妖精騎士団《フェアリーナイツ》』の能力だ。まあ妖精がいなくても、僕の『領域支配』で周りの探知はしてるけどね。

それにしても、今回のこのメンバーは豪華だと思う。

ファーブラの秘蔵《ひぞ》っ子《こ》ディオーネさんはまだしも、国宝のゴーレム『ニケ』まで駆り出しているというのは、行方《ゆくえ》不明の調査隊を探すにしても少々大げさだ。

ひょっとして、エーアストの異変にも気付いているってことは……？

ファーブラはエーアストと一番親交のある国だ。その可能性は充分にある。

もしエーアストの正体が魔王軍と把握《はあく》してくれているなら話は早い。僕も正体を隠す必要はないし、今後の作戦も楽になる。

アニスさんたちからこのことを切り出すのは難しいだろうから、僕のほうから探りを入れてみよう。

「あのう……今回エーアスト軍はいきなりカイダに攻め入ったわけですが、皆さんはどう思いますか？」

そこそこ直球で聞いてみた。

エーアストが魔王軍と気付いているなら、それらしい意見が返ってくるはずだが……

「オイラは完全に侵略と思ってるぜ。多分、ゼルドナやディフェーザが魔王に攻め落とされた混乱に乗じて勢力拡大を狙ったんだろう」

僕の声が聞こえたのか、御者席《ぎょしゃ》からケットさんが答えてくれた。

続いて、ヨシュアさんも発言する。

「オレもケットと同意見で、そんなところだろうと思ってる。そもそも魔王がゼルドナを侵略したっていうのも胡散臭《うさんくさ》い話だ。『魔王からカイダを守る』っていうちょうどいい大義名分ができたもんだから、エーアストもあの神徒って奴らで攻め込んだんだろうぜ」

「ヨシュアさんは魔王の復活を信じてないんですか？」

魔王の復活――僕がゼルドナを落としたことはかなり世界を騒《さわ》がせたから、それを疑っている人がいるとは思わなかったな。

「いや、魔王が本当にいるのは知ってるが、いきなりゼルドナ侵略ってのはな。そいつが本物の魔王かどうかは眉唾《まゆつば》もんだ」

「オイラもそう思う。こんな復活の仕方は聞いたことないし、それにゼルドナまで見に行ったヤツに聞いたんだが、領内に魔王軍らしいのは全然いなかったっていうぜ」

「ケットの言う通りだ。冒険者仲間じゃ、どうもその辺がよく分からんということになってる。それと、あまり世間には知られちゃいないが、魔王が十万のモンスターを撃退したなんて噂《うわさ》もあるしな」

ええっ、十万のモンスターを撃退だって⁉

実際に来たのは一万程度だけど、噂に尾ひれがついてそんなことになってるのか。

「めちゃくちゃだよな。デタラメすぎて何も信用できねーよ。その魔王が人間離れした強さだっていうのは本当みたいだが……まあとにかく、エーアストの行動がちょっとおかしいのだけは確実だ」

そう話してから、ケットさんはまた御者の作業に集中する。

しかし、さすが冒険者たちの情報網は凄いな。怖いもの知らずが多いってこともあると思うけど、噂を簡単には信用してない。

エーアストの危険性についてもそれとなく察知しているみたいだし。

「我が輩もなあ、今回のエーアストの所業については擁護できんよ。ただ、あの温厚《おんこう》なエーアストの王様がこんな無茶するなんて、どうも納得いかん」

ムドマンさんもエーアストの行為については疑問を持っているようだ。

どうやらみんな、この一連のことについてはやはり懐疑的《かいぎてき》らしい。このまま放っておけば、僕が何もしなくても魔王軍のヤツらはきっとボロを出すはず。

とはいえ、魔王軍《あいつら》を自由にさせるわけにはいかない。

それと先日、カイダにいる情報屋から魔導伝鳥が発信されて、エーアスト軍は平和的にカイダを統治していると世界に伝えられた。

もちろん、これはウソだと思っている。だが、この情報を世界が信じてしまったら、魔王軍の思うつぼだ。

真実を確かめるために、僕たち一行はカイダ王都を目指す。エーアストの最大の友好国であるファーブラが、エーアスト軍の正体が魔王軍だと世界に発信してくれれば、さすがに各国も信用してくれるだろう。

そして、できればそのままカイダを奪還したいところ。王都潜入《せんにゅう》が上手くいけばそれも可能なはず。

大きく事を構えれば、魔王軍は何をしてくるか分からない。カイダのことはこの任務でカタをつけておきたい。

カイダを奪還したら、エーアスト包囲網まであと一押しだ。

……とまあ、そんな青写真を描《えが》いていたんだけど……

「エーアストの王様は病気だって聞いたぜ。それでおかしくなったとかじゃないのか？

もしくは、勝手に臣下《しんか》のヤツらが暴走したって可能性も……」

「違います！　きっと、きっと何か理由があるのです！」

ずっと黙っていたアニスさんが、ヨシュアさんの言葉を聞いて突然大きな声を張り上げた。

あれ、てっきりみんなエーアストに不信感を持っているものだと思っていたけど、アニスさんは違うのか？　ちょっと予定が狂ってきたぞ。

「エーアストが、あのエーアストが理由もなく他国に攻め入るはずがありません。魔王の侵略からカイダを守るため、仕方なく戦いの道を選んだのです」

アニスさんは、エーアスト軍が発表した大義名分通りの言葉でその侵略行為を擁護する。

エーアスト軍を危険と判断したから、ファーブラは調査隊を送り込んだのだと思っていたけど、少々違ったようだ。

「アニス様の言う通りだ。あの正義感溢《あふ》れた神徒……剣聖イザヤたちが、己の都合で他国に攻め入るなどありえない」

え、イザヤだって!?

なんとディオーネさんまで、アニスさんに続いてエーアストを擁護した。

アニスさんとディオーネさんは、イザヤたちと面識《めんしき》があるのか。かつて勇者チームはファーブラでお世話になっていたから、その可能性も考えていたけど、思っていたよりを探ってみる。


も関係性が深そうだ。

「あの……そのイザヤという者たちは、どういう人なんでしょうか？」

僕が彼らと知り合いということがバレてはまずいので、あえて知らないフリをして様子を探ってみる。

「『勇者』メジェール様、『剣聖』イザヤ様、『大賢者』テツルギ様、『聖女』スミリス様……彼らは強く正しく、対魔王軍戦力として相応しい神徒たちでした。私も彼らにはお世話になりましたし、自信を持ってその人間性を保証できます」

「うむ、イザヤほど信頼できる者もいないだろう。剣の腕もシャルフ様に勝《まさ》るとも劣《おと》らないほどであったし、いくら魔王とて、彼ら相手ではそうは勝手なことはできぬはず」

アニスさんとディオーネさんはイザヤたちに絶大《ぜつだい》な信頼を寄せているようで、力強くそう説明してくれた。

うわ～そっか……そういやイザヤって、正義感溢れるヤツなんだよなあ。優等生だったしな。

確かにアイツは信頼されやすいタイプだと思う。それこそ、僕なんかの百倍は人望があるだろう。

ただ、全然融通《ゆうづう》が利《き》かないところが玉に瑕《きず》。自分の信念に従って、結果的に面倒くさい方向に行っちゃうのも問題か。

それにしても、暴れん坊メジェールの評価も高いのか。そういえば、知らない人の前では意外に猫被《かぶ》るタイプなんだよね。ファーブラでは相当イイ子にしてたんだろうな。

アニスさんたちは、エーアストの神徒たちが『魔王の芽《デモンシード》』で操られていることは知ってるのかな？

ちょっと聞いてみるか。

「先日フリーデンで捕らえられた神徒たちが、悪魔に洗脳されていたという話は聞いてますか？」

「そのような話も耳にしたが、あのエーアストがそんなことをするはずがない。恐らく魔王、そう『魔王ユーリ』というヤツが何かやったのだろう」

げげっ、なんでそうなるの⁉

思いがけないディオーネさんの発言に、僕は思わず耳を疑う。

「ま……『魔王ユーリ』の仕業だと？」

「ディオーネの言う通りです。イザヤ様が仰ってました。山賊の根城《ねじろ》にて『魔王ユーリ』という恐ろしい存在と対峙したと。『魔王ユーリ』は凄《すさ》まじい怪物を喚《よ》び出し、イザヤ様は死闘の末なんとかそれを撃退したようですが、メジェール様を人質に取られてしまい、もはや仕方なくファーブラへと戻ってこられたそうです」

あれ、僕がメジェールを人質に取ったことになってるぞ？

それに怪物を撃退しただって？　ビビって腰抜かしてたじゃないか。

アイツめ、適当なウソを言いふらしたな……！

「その『魔王ユーリ』は不思議な力も持っていて、フィーリア王女様も洗脳していたようです。そしてとても信じられないのですが、メジェール様も『魔王ユーリ』の軍門に降《くだ》ってしまったとか。このことを考えれば、フリーデンへ行った神徒たちが洗脳されていたのも、魔王の力が関係していると思われます」

「それ……アニスさんは信じているんですか？」

「当たり前です。イザヤ様がウソをつくわけがありません。世界を混乱させるため、『魔王ユーリ』は何かの罠にハメて神徒たちを洗脳し、フリーデンを攻めさせたのです」

「その通りだ。『魔王ユーリ』とやらがどういう手を使って神徒たちを洗脳したのか、そしてヤツの狙いがなんなのかを解明しなくてはならない。先任の調査隊はやられてしまった可能性があるので、今回は万全のメンバーにて事に当たっている」

なんてこった！　エーアストの危険性に全然気付いてないどころか、僕《ユーリ》は完全に敵と思われているじゃないか！

これは絶対に正体がバレるわけにはいかなくなったぞ。

っていうか、まさかアニスさん、イザヤのことが好きなんてパターンじゃないだろうな？

アイツ結構モテてたからなあ……でもアニスさんよりはそこそこ年下だし……

いや待て、ベルニカ姉妹のこともある。年下だからってのは惚れない理由にはならないか。

ディオーネさんはシャルフ王に心酔しているし、今回の任務にもし恋のいざこざが絡《から》んでくるとしたら、ちょっと厄介《やっかい》かもしれない。

「んじゃあアニスたちは、その『魔王ユーリ』が全部裏で糸を引いてるって思ってるのかい？」

「恐ろしい男だと聞きました。とてつもなく巨大なドラゴンすら操るようですし、この度のことも無関係なはずがありません」

「そうだ、アニス様の言う通り、第一調査隊の失踪には『魔王ユーリ』が関わっているだろう。我らはカイダにいるエーアスト軍と協力して、その謀略《ぼうりゃく》を破るのだ」

ケットさんの質問に、アニスさんとディオーネさんが答えた。

え～っ、僕は全然関係ないのにぃ～っ！

むしろ、第一調査隊を助けに行こうと思ってるんですけど⁉

「しかしアニスさんよう、エーアストは強引にカイダを奪ってるんだぜ？」

ヨシュアさんも、どうにも引っかかってる部分をアニスさんたちに聞く。

「イザヤ様たちは『魔王ユーリ』に対抗するため、エーアストへとお戻りになりました。

そして『魔王ユーリ』のゼルドナ侵略を知って、一刻の猶予《ゆうよ》もならないと思われたのでしょう。だから、やむを得ずカイダへ武力侵攻の手段を取ったのです」

「そうだ。イザヤたちが守っていれば、『魔王ユーリ』とてカイダには手を出せぬからな。焦った『魔王ユーリ』は、仕方なく一部の神徒たちを洗脳してフリーデンを襲わせたのだろう」

ああそれって、僕がゼルドナを侵攻した理由と同じ……

まいったなあ……ファーブラとエーアストは親交が深いとは思っていたけど、まさかこんなにも信頼関係があったとは。これじゃ、そう簡単にはエーアストを疑わないだろうな。

しかし、やはりイザヤたちはエーアストに戻っちゃったんだな。残念だ。

ってことは、カイダでイザヤたちと戦う可能性もあるってことか。『魔王の芽《デモンシード》』で強化されたイザヤたちは手強いだろうなあ……

「今回の任務は、エーアストの真意を確認してその汚名《おめい》を晴らすことと、『魔王ユーリ』の狙いを探ること、そして行方不明の第一調査隊を救い出すことが目的なのです。危険は承知ですが、是非ヒロ様のお力をお貸しください」

「も、もちろんですよ、お任せください」

アニスさんの言葉に、僕はとりあえず頷いておく。

んー、こんなにエーアストを信頼しているんじゃ、相手の策略《さくりゃく》にハマり放題かも。

第一調査隊も、こんな調子だったから騙《だま》されてしまったのではないだろうか。危険だな。

とにかく、アニスさんたちが罠にハマらないように、僕が注意するしかない。


日が暮《く》れるまで馬車を走らせたあと、本日の移動を終了して野営の準備をする。

その間も、『妖精騎士団《フェアリーナイツ》』の『見張りっ子《ウオッチャー》』がずっと辺りを警戒してくれていた。

どの程度の探知精度《せいど》があるか分からないけど便利だなあ。妖精可愛いし。僕も今度使ってみよう。

みんなで食事をとったあと、明日に備えて就寝《しゅうしん》することに。

変装を手伝っているアピのことがバレたら大変なので、僕が寝るのはもちろん個人用テントだ。

テントの中に入ろうとすると、ケットさんたちが声をかけてきた。

「おいヒロ、夜中に女性たちを襲おうなんて思うんじゃないぜ。あの二人めちゃ強《つよ》だから
な、殺されるぞ」

「ケット、お前は殺されかけたもんな」

「えっ、襲ったんですか？」

「バカヤロー、人聞きの悪いこと言うなヨシュア、ちょっと寝顔を覗きに行っただけだ！」

「ガハハ、我が輩のように『ニケ』の寝顔で満足しとけ」

「げ、変態ジジイだ。オイラは本物の人間がいいね」

ハーフリングでも人間の女性が好きなのかなあ……あ、それって偏見《へんけん》か。

テント内でアピにこっそり晩御飯を与えたあと、僕も眠りに就《つ》いた。

3. 模擬戦《もぎせん》

翌日。僕たちを乗せた馬車は、昨日と同様にカイダに向かって進んでいく。

順調にいけば今日の夕方にはキルデア砦に到着するはずだが、何せ魔王軍の最前線基地だ。何が起こるかは分からない。

道中では色々なモンスターと出くわした。

国家間を結《むす》ぶ街道は比較的安全な場所を選んで造《つく》られているが、それでもモンスターとは遭遇《そうぐう》してしまう。

ただし、危険なモンスターの棲息地《せいそくち》は避けているので、出会うとしても下級モンスターか、せいぜい中級モンスターだ。そのため、旅人や商人でも、冒険者が護衛《ごえい》していれば問題なく移動できる。

たまにはぐれモンスター的な手強いのが出没《しゅつぼつ》してしまうが、そのときは上位冒険者たちの出番だ。

目撃報告があれば、基本的には国からギルドへ依頼が出され、上位冒険者が迅速《じんそく》に討伐してくれる。また、場合によっては個人の依頼で緊急《きんきゅう》討伐することもある。

そして今回のこの移動路だが、すでに昨日十回、今朝《けさ》から五回もモンスターに遭遇していて、ちょっと出会いすぎだ。魔王軍が操っている可能性も充分考えられる。

まあ下級モンスターばかりだったたし、たまたま多めに遭遇しているのかもしれないけど。

戦闘も、わざわざ馬車から降りるまでもなく、ヨシュアさんの弓矢とアニスさんの妖精であっさりと倒している。

ちなみにアニスさんの妖精――『妖精騎士団《フェアリーナイツ》』は、一度に十体ほど召喚することができ、それぞれが下級魔法を使いこなしていた。

低レベルで覚える『火炎焼却《ファイア》』、『雷撃《ライトニング》』、『氷結波《フリーズ》』、『土針射撃《ニードルショット》』などではあるけど、妖精は魔力が高い上、無詠唱で魔法を撃てるので、その攻撃力はバカにしたものではない。

……と、またモンスターの気配が。

現れたのはオーガ四体。それを、ヨシュアさんが片っ端からヘッドショットしていく。

ヨシュアさんは剣が主戦武器なのに、弓術も本職顔負けの腕前だ。昨日は魔法を使ってたしね。

『武芸百般《オールマイティ》』の能力によって、ヨシュアさんは様々な武器や魔法を器用にこなす。

剣での近距離戦は当然として、弓での遠距離狙撃、魔法での範囲攻撃などが可能な上、さらに回復までできるってのは凄い。

ヨシュアさんの単純な強さはＳＳＳランクには及ばないけど、どんな状況でも臨機応変《りんきおうへん》に対応できるので非常に頼もしい存在だ。その力を買われて、今回の任務を頼まれたんだろうな。

おっと、アピが空腹の合図を出したので、馬車の揺《ゆ》れに身を任せながら、またこっそりと食べものをあげる。

僕の全身にまとわりついているので、どこからでも食べさせることが可能だ。


「もう少しでカイダの砦に着くぜ。あと一時間ってところだな」

馬を操りながら、ケットさんが進み具合を教えてくれる。

結局今日だけで十五回もモンスターに遭遇したが、全部弱い奴らだったので問題なかった。

森を抜け、あとは山あいの道をまっすぐに行くだけというところで、『領域支配』が敵の気配を感知した。

またかと思ったが、しかしこれは今までとは少し違うようだ。

「ピーッ！　ピーッ！」

少し遅れて、『妖精騎士団《フェアリーナイツ》』の『見張りっ子《ウォッチャー》』も相手の気配に気付く。

今回の敵は危険度が高いため、妖精もだいぶ慌てている感じだ。

「おいアニスさん、これって少しヤバいのか？」

ヨシュアさんが訊くと、アニスさんは表情を引き締めて頷く。

「ええ、手強いのがいるようですね」

「ふふん、ようやく『ニケ』の出番ということか。せっかく連れてきたのに、少々物足《ものた》りないと思ってたところじゃわい」

ムドマンさんが不敵《ふてき》な笑《え》みを浮かべながらそう意気込《いきご》んだ。

この敵はさすがに簡単にはいきそうもなく、みんなは馬車から降りる準備をする。

とはいえ、僕が感知している限りではそこまで強敵ではない。今までが下級モンスターばかりだったので、それに比べればまあ油断できないかなというレベルだ。

「……アイツらか！」

前方の岩場の陰《かげ》から現れたのは、体長七メートルほどの三体のスフィンクスだった。

居住区域の近くにこんなモンスターがいるのはちょっと珍しいけど、まあこの程度なら……

「まずいぞ、固まっていたら一気にやられる！　全員散《ち》れっ！」

戦闘指揮官であるディオーネさんが素早く指示を出す。

「ちっ、こんな怪物と出会っちまうなんて……！」

「なぁに、我が輩の『ニケ』に任せとけ」

「妖精たち《みんな》、前衛《ぜんえい》のフォローをしてあげて！　ケットは馬車に隠れてなさい！」

「了解！　オイラは引っ込むんであとはよろしく！」

僕が考えていた以上に、意外にみんな焦っていた。

……そっか、スフィンクスって強敵なのか。リノたちでも簡単に勝てるからナメてたけど、そういや結構上位モンスターだったたっけ？

最近は強敵とばかり戦ってたので、どのくらい強いかイマイチ感覚的に掴めなくなっちゃったよ。

まあしかし、上位種のグランドスフィンクスならともかく、ただのスフィンクスならみんなに任せておけばなんとかなるだろ。

それより、実は後ろからも敵が接近してるんだよね。

今通過したばかりの森から出て追ってきたのは……エーアストでも出会ったデュラハンロードだ。あのときと同じようにヘルナイトもいて、全員死霊馬《しりょうば》を操ってこちらへと近付いている。

『遠見』スキルで見る限りでは、デュラハンロードが五体とヘルナイトが十三体いる。スフィンクス三体よりも、こっちのほうが強敵だろう。

みんなや妖精たちはスフィンクスで手いっぱいなのか、デュラハンロードたちには気付かないようだ。

このままでは挟み撃ちになってしまう。

仕方ない、前方のスフィンクスはみんなに任せて、僕はデュラハンロードたちを片付けることにしよう。

とはいえ、僕の正体が『魔王ユーリ』と気付かれたら困るので、僕の力はなるべくみんなに見せたくない。こっそり抜け出して一気にデュラハンロードたちのもとに接近し、死霊《アンデッド》に対する浄化《じょうか》魔法を撃ち放つ。

「墳墓《ふんぼ》へ還《かえ》れ、『霊地送還《トゥーム・リターン》』っ！」

これを喰らったデュラハンロードたちは、あっという間にその姿を消した。

そしてまたすぐみんなのところへと戻る。

みんなスフィンクス戦に必死で、僕の行動には気付いてないようだ。

しかしこれ、たまたまじゃないな。前後からこんな強敵が来るなんて絶対に普通じゃない。

この調子だと、砦の攻略も一筋縄《ひとすじなわ》じゃいかないだろう。

僕が加勢するまでもなく、スフィンクスとの戦闘もぼちぼち終わりを迎えていた。

「突き抜けろ！『大貫通破《グレート・ペネトレーション》』っ！」

ディオーネさんが称号の力を解放する。

これは槍の突きによって、貫通力のある衝撃波《しょうげきは》を前方に撃ち出し、直線上の敵全員にダメージを与える技らしい。

対峙していたスフィンクスの身体に大きな風穴《かざあな》が空《あ》く。『穿つ者』の称号に相応しい必殺技だ。

ディオーネさんは冒険者じゃなく騎士なので、スフィンクスのようなモンスターは専門外だろうけど、さすがに力が違いすぎたね。

『ニケ』はすでにスフィンクス一体倒し終え、ヨシュアさんに加勢していた。

そしてそのヨシュアさんも、『武芸百般《オールマイティ》』の能力通り万能な働きを見せている。

剣技だけに頼らない、安定感のある戦いぶりだ。

「フレイムスラッシュッ！」

ヨシュアさんが必殺技でスフィンクスにとどめを刺す。これで無事戦闘終了だ。

『ニケ』の戦いはちらりとしか見れなかったけど、国宝と言われる通り素晴らしい動きをしていた。

ちなみにアニスさんの『妖精騎士団《フェアリーナイツ》』は、この戦闘では援護に回っていたようだ。

スフィンクスを撃退したみんなが武器を収めて戻ってくる。

「ひー、どうだい、終わったかい？」

辺りが静かになったことを確認して、ケットさんが馬車から顔を出した。

みんなに任せてしまったけど、僕の力を隠したまま勝ててよかった。結果オーライだ。

スフィンクスやデュラハンロードを含め、この異常なモンスターとの遭遇率はもちろん魔王軍の仕業だと思っている。

ひょっとして第一調査隊は、道中のモンスターに襲われて行方不明という可能性もあるな。

その場合、砦に行っても関与している証拠《しょうこ》を見つけるのは難しいかもしれない……

「いったいどういうことだ⁉」

ディオーネさんがちょっと怖い顔をして僕に詰《つ》め寄ってきた。

「僕の推測ですが、今のスフィンクスは誰かに操られていた可能性があります。でないと、こんな場所に三体も現れる理由が分かりません」

「そうではない！　何故お前は戦わなかった⁉」

「あ、え？　あれ？　その……」

しまった、そっちか！

後方から来ていたデュラハンロードたちを相手にしていたとは言えないし、こりゃ困ったな。

「あ、あの程度のモンスターでしたら、僕が戦わずとも皆さんでなんとかなると思いましたので、僕は後方の警戒をしていました」

「あの程度だと⁉　奴らは舐《な》めてかかるような相手ではなかったぞ。お前、まさか怖《お》じ気《け》づいたのではなかろうな⁉」

「ディオーネ、失礼ですよ！　ヒロ様がそんなわけないでしょう。確かに、今の戦闘では後方がガラ空《あ》きでした。ヒロ様が警戒するのは当然です」

「しかしアニス様、前方の敵を倒せなければ本末転倒《ほんまつてんとう》です！」

「でも私たちは無事倒せました。ヒロ様のご判断は正しかったということです」

アニスさんが擁護してくれるから助かってるけど、実際僕の行動はちょっとまずかったかも？

ただ、僕の強さを見せずに解決するにはあの方法しかなかった。

とにかく、『魔王ユーリ』とバレるのが一番まずい。挟み撃ちになってしまった時点でどうしようもなかったので、最善を尽くしたと思うしかない。

それをどうディオーネさんに納得させるかだ。

「まあ落ち着けよディオーネ、今の戦闘はアレでよかったと思うぜ？　ヒロがいても過剰《かじょう》戦力になっただけだ。それよりも、後方を警戒してもらったほうがオレとしちゃ助かる。あの状況で後ろから襲われたらイチコロだったからな」

「オイラもそう思うぜ。ま、強《し》いてあげりゃあ、事前に作戦を決めずに戦っちまったのが失敗だったかな」

「そういうこったディオーネ。我が輩の『ニケ』がおりゃあ何も心配はいらんし、そうカリカリすることもなかろう」

ヨシュアさん、ケットさん、ムドマンさんもフォローしてくれる。

みんなやさしいなあ……ホントありがたいよ。

「ぐっ……分かった。ワタシとしたことが、確かに今の戦闘は前方に注力しすぎたようだ」

よかった、ディオーネさんもなんとか納得してくれた。

「僕も勝手に後方待機してすみませんでした」

「うむ、それはそれとして、やはりお前とは一度手合わせしておきたい」

「手合わせって……えっ、僕とディオーネさんで戦うんですか⁉」

あれ、そんな展開になっちゃうの？　せっかく上手くまとまりそうだったのに？

「ディオーネ、もうすぐ砦に着くのですよ。ここでそんなことをしても仕方ないでしょう」

「いえアニス様、もうすぐ着くからこそ、ここで確認しておかなければならないのです」

「確認？　何をですか？」

「この男……ヒロの実力です」

「ですから、ケットの見立てではＳＳＳランク冒険者に匹敵する……」

アニスさんとディオーネさんの会話が続く。

この流れ……嫌な予感がするぞ。僕は彼女たちの会話の成り行きを見守る。

「手合わせしてみなければ本当の力は分かりません。この先、場合によっては危険な事態に陥ることもあるでしょう。そのときヒロの力を正確に我々が把握していなければ、取れる行動も取れなくなります」

「……なるほど、ディオーネの言うことも一理ありますね」

「では、対戦することをお許しいただけますか？」

「いいでしょう。しかし、あくまで模擬戦ですよ。お互い怪我をしないように注意してください」

「ありがとうございます。すぐに終わらせますので、しばしの間お待ちを」

……え？　やっぱりやるの？　マジですか⁉

待って待って、僕の力を見せたら大変なことになる。

ＳＳＳランクの力を持つディオーネさん相手に、ギリギリ勝つように手加減するのは超難しい。うっかりイイ攻撃でも当てちゃったら、『魔王ユーリ』と疑われるどころか、ディオーネさんが死んじゃうかもしれない。

かといって、わざとあっさり負けるのは、今後を考えるといい選択とは思えない。

ただでさえ僕は無理矢理参加したよそ者だ。それなりに力を見せないと、今後僕の言うことを聞いてくれなくなってしまう。

というか、そもそも負けるのが凄く難しいんだけどさ。魔法はともかく、物理攻撃は僕に当たらないからね。

喰らったフリして『やられた～』と言っても、ディオーネさんクラスじゃ絶対にバレるだろうし。

どうすれば僕の力を示しつつ、上手い決着がつけられるのか？

「ではいくぞヒロ、剣を抜いて構えるがよい」

「いえ、ちょっと今日は……また別の日に改めてやるのはダメですか？」

「ならぬ！　今の話を聞いてなかったのか？　お前の力を知らねば、今後何かあったときに作戦が立てられぬのだ」

「いや、ディオーネさんと同じくらいの強さです……多分」

「ワタシと同じ？　それはどうかな。お前のような男に負ける気はせんぞ」

「あ～ヒロ、一応言っておくが、オイラが測定した限りではディオーネの戦闘力は１４２０なんで、１５１０であるお前の方が上だ。多分勝てるから頑張れ」

「……だそうだぞ。ケットのお墨《すみ》つきが出てよかったな」

「いやあ～待って待って、数値でだいたい分かるんだから、戦わなくてもいいんじゃないですか？」

ダメ元でそう言ってみたが……

「クドい！　構えぬのならワタシからいくぞ。お前の力を測るくらい、少し戦えば分かることだからな。なぁに、大怪我しないように手加減してやるから安心しろ」

「待ってくださいディオーネさん、僕のほうがあまり手加減が……」

「もはや問答無用《もんどうむよう》！　その腑抜《ふぬ》けた根性をたたき直してやる！」

「おひ〜っ」

ディオーネさんが槍を振るってきた。すると勝手に『蜃気楼の騎士《ミラージュナイト》』が反応して躱してしまう。

このスキル、常時発動《パッシブ》だから発動停止ができないんだよ。

一定以上の威力を持った物理攻撃は、全部自動で躱しちゃうんだ。そのため、わざと喰らってピンチになるとかができない。

躱しすぎると、相手はどうしてもムキになっちゃうんだよね。イザヤやシャルフ王と戦ったときもそうだったたし。

ディオーネさんもそうならないうちに、なんとかプライドを傷つけないようなギリギリの勝ち方をしたいところだけど、なんだか雲行きが怪しくなってきたぞ？

「むっ、なんと避けるのが上手いヤツだ、ワタシの連続突きをこうも躱しまくるとは……」

「ちょー、こ、これでもう僕の力は分かりましたよね？　終わりにしませんか？」

「ふざけるな！　避けるのが上手い程度で何が分かる⁉」

危惧した通り、ディオーネさんの攻撃スピードがどんどん上がっていく。

危惧した通り、だんだんムキになってきた気がする。って、これ手加減してくれてないよね？


「このぉ！　ワタシの攻撃を躱せるのはシャルフ様だけなのに！」

「たまたまです、たまたま躱せちゃうんです～っ」

やばい、ディオーネさんってば、かなり頭に血が昇っちゃってるよ。

もはや割と殺せる勢いの攻撃ですよ⁉　やっぱりこうなっちゃったか～っ！

「よぉし分かった！　お前がその気ならこの奥義を喰らわせてやる！」

僕がどういう気なのかサッパリ分からないけど、これ以上面倒になる前に、もう倒しちゃったほうがいいよね？　このまま躱し続けたら、状況が悪くなる一方な気がするし。

上手に一本取れるかな……？

「喰らえっ、奥義……」

えいチョップ！

「ほぎゅっ」

僕は素早くディオーネさんの懐《ふところ》に潜り込んで、鋼鉄《こうてつ》の胸当て部分に水平チョップを入れた。

軽く当てたんじゃ意味ないので、一応勝負ありと分かる程度の力を入れたんだけど……やっちまった。

ディオーネさんがぶっ飛んで、後方の岩に激突して失神しちゃったよ……

僕が手加減を失敗したのには理由がある。

まず昨日『武芸百般《オールマイティ》』をコピーしたおかげで、格闘スキル『闘鬼』がレベル8になったこと。

レベル1でさえ超強力なのに、いきなりレベル8になってしまって、力加減がよく分からなかったんだ。

それなりに強く打とうとちょっとだけ力を入れたんだけど、想像以上だった。

こんな強力になっているとは……『超力《ちょうりき》』スキルもほんの少し発動してしまったかもしれない。

それともう一つ。

この任務の前に月に一度の神様から経験値がもらえる日が来たんだけど、そのときに女神様から取得したレアスキルが、Sランクの『神速』だったんだよね。

これはメジェールも持っているヤツで、移動速度とかがめっちゃ速くなる効果がある。

強化する価値は充分にあると思って、経験値約10億2000万使ってレベル10まで上げた。

すると、フリーデンの地下牢でクラスメイトからもらった『加速《アクセル》』と融合したんだ。『加速《アクセル》』も相当使い勝手がいいと思って、同じく経験値約10億2000万使って先にレベル10にしてあったんだけど。

融合してできたのは『迅雷《じんらい》』というSSSランクの称号で、魔法も含めた様々な行動が瞬時にできるというものだった。

とにかくあらゆる行動を電撃的にできるので、攻撃などの手数が格段に増える。

『剣聖』や『統べる者』と同じSSSランクの称号なので、その強さは推《お》して知るべし。

ってことを失念して、サッとディオーネさんとの間合いを詰めて一撃当てようとしたら、思っていた以上に一瞬で行動できちゃって、上手く手加減する間もなくぶっ飛ばしちゃったということだ。

あっ、『蜃気楼の騎士《ミラージュナイト》』状態でも相手の攻撃を手で受け止めることは可能だから、槍を掴んで取り上げちゃうという手があったか！　焦っていたから思いつかなかったよ。

失敗したなあ……次からそうしよう。

ちなみに、ここ最近経験値でレベルアップしたスキルは、『加速《アクセル》』、『神速』、『擬装』、『迷宮適性』、『盗賊魔法《シーフマジック》』、『武芸百般《オールマイティ》』で、これらをレベル10に上げて、残りの経験値は182億9000万ほど。

ほかのスキルは保留したままだ。『限界突破』を手に入れたけど、ベースレベルもまだ

999から上げてない。

必要に応じて経験値を使っていくつもりだ。

「ディ、ディオーネ、大丈夫ですかっ⁉」

アニスさんが青い顔をしてディオーネさんに駆け寄る。

いけね、ぼーっとしてた！　すぐにディオーネさんの手当てをしてあげないと！

僕も慌てて駆け寄って、ディオーネさんの怪我の具合を診《み》る。

「す、すみませんディオーネさんっ」

うわわ、あばらが数本折れてるぞ。胸当ての上からとはいえ、いい角度で決まっちゃったからなあ。

かなりの美人なのに、すっかり面白い顔で気絶《きぜつ》してるし。この変顔を見ちゃっただけでも申し訳ない気持ちでいっぱいだ。

急いで『完全回復薬《エリクシール》』をかけて治療する。

「あ……うう、ワタシはいったい……」

よかった、意識が戻ったようだ。危うく殺しちゃうところだった。

「ヒロ様、酷いですわ！　あれほど怪我には注意してくださいと言ったのに、こんなに激しく攻撃するなんて！」

「そうだぞヒロ、さすがに今のはやりすぎだ。オイラなら死んでるところだぜ」

アニスさんとケットさんに怒られた。

ひ～、もの凄～く手加減したんですよ。ただ、覚えたばかりの『迅雷』とレベル8になった『闘鬼』が、想像以上に凄かっただけで……

なんて言い訳すればいいんだ？

「いや、ヒロは手加減しようとしたんじゃないか？　ただディオーネが強すぎるんで、思わず力が入っちまったとか」

釈明《しゃくめい》に困っている僕を見かねたヨシュアさんがフォローを入れてくれた！

「そ、そう、そうなんですよ！　ディオーネさんの攻撃が鋭すぎたんで、こっちも必死になってしまって……」

「ああ分かるぜ。戦闘本能が刺激されて、つい熱くなっちまうことってあるよな」

「はい、ヨシュアさんに分かってもらえて助かります」

これはありがたい助け船だった。そうだ、ついでにこの言い訳もつけておこう。

「実は僕のレアスキルは『狂戦鬼《きょうせんき》』というモノで、窮地になると一時的に驚異的な力が出せるんです。そのせいで、加減を間違えてしまいました」

今考えついたんだけど、これは上手い言い訳じゃないか？

「『狂戦鬼』？　聞いたことないスキルだな」

「ピンチになると、瞬間的に強くなるんです。その制御《せいぎょ》が少々難しくて……」

「なるほどな〜。その手のスキルは、オイラの『測定者《カウンター》』でも正確な数値が出しづらいんだよな。ほかに『魔物使い《モンスターテイマー》』や『魔眼』持ちみたいな変則的な戦いをするヤツも、測定数値より実際には強かったりするけど。ってことは、ヒロのＭＡＸ戦闘力は１５１０よりかなり上なんだな」

「そ、そうなりますかね」

「ほーう、んじゃあシャルフ陛下より強いってのもあながちウソじゃねえのか」

「いいや、そんなわけはない！」

おっと、ディオーネさんが完全に意識を取り戻したみたいで、ヨシュアさんの発言に抗《こう》議《ぎ》する。

「ヒロ、確かにお前はワタシよりは強いようだが、シャルフ様より強いなんてことは断じてない！　今のはワタシが油断しすぎていただけだ」

「あ、はい……そうだと思います」

ディオーネさん、怖い。

「だが、お前の強さは理解できた。腑抜けと言ったことも詫《わ》びよう。今後は相応の敬《けい》意《い》を持って接するので、安心してほしい」

「あ、ありがとうございます！」

ディオーネさんから怒《ど》気《き》が消え、僕のことを認める発言をする。

僕に悪気がなかったことも分かってくれたみたいだし、なんとか丸く収まってよかった。

「いや、実際大したもんだぜ。マグレでもディオーネにゃあ勝てねーからな。しかも、剣士なのに素手《すで》で一撃だぜ？　ヒロのことを侮《あなど》ってスマンな」

「考えてみりゃ、あのシャルフ国王が絶大な信頼を持って紹介してくれたんだから、これくらいの力は持ってて当然だぜ。オイラもヒロのこと見直したよ」

「我が輩の『ニケ』とも、ヒロはいい勝負できるかもしれんな」

ヨシュアさん、ケットさん、ムドマンさんも僕への評価を改めてくれたようだ。

「ムドマン殿、『ニケ』は我がファーブラの宝で、あなたの所有物ではありませんぞ」

「堅いこと言うなやディオーネ……」

真面目《まじめ》なディオーネさんにぴしゃりと注意され、発言をはぐらかそうとするムドマンさん。

その光景に苦笑《くしょう》しながら、アニスさんが僕のすぐそばまで近付いてきた。

「すみませんヒロ様、『狂戦鬼』というスキルは扱いが難しいため、ディオーネとの模擬戦を避けたかったのですね。無理強《じ》いをしたこちらの責任が大きかったようですね」

今回の模擬戦のことで、アニスさんは僕に頭を下げる。

「いえ、僕がちゃんと説明すべきでした。でもご理解いただけて助かります」

よそ者の僕だけど、ようやく仲間として認めてもらえたような気がする。

そうだ、せっかくいい雰囲気だから、このタイミングでちょっと切り出してみよう。

「あのう……僕はいくつか魔道具を所持してまして、中にはとても強力な武器もあるのですが、よろしければ皆さんに使っていただければと……」

さっきのモンスターのことを考えると、砦でも何かが待ち受けている可能性は高い。

だから、みんなの武器や防具を強化できればと思ったんだけど……

「ヒロよ、気遣《きづか》いはありがたいが、オレの武器は長年使っている相棒《あいぼう》だ。それをいきなり変えても馴染《なじ》むまでに時間がかかる。やはりいざというときは使い慣れたものでないとな」

「ワタシは国から装備を与えられている。国宝級とまではいかぬが、いずれ劣らぬ見事なものだ。気持ちだけ受け取っておこう」

「私もご心配には及びませんわ」

「オイラも平気だぜ」

みんなに断《ことわ》られてしまった。確かに、慣れた得物のほうがいいということもある。

まだまだ装備に頼っているリノたちと違って、ここにいるのは百戦錬磨《ひゃくせんれんま》の猛者《もさ》たちだ。

僕が余計なことをせずとも、自分に合った装備で充分に戦えることだろう。

敵の攻撃が気になるけど、装備のことは何かあったときにまた提案してみよう。

「さあ、私たちの結束も固まりましたし、カイダに向けて再出発しましょう」

アニスさんに促《うなが》されて、僕らは馬車に乗り込む。

その後はモンスターと出会うこともなく、僕たちは夕方過ぎに無事キルデア砦へと到着した。

4．ドツボにハマって大ピンチ

「ファーブラ使節団の皆様、遠いところをようこそいらっしゃいました。わたくしはこのキルデア砦を預かっているマッセと申します。カイダ王都までもうしばらくありますが、本日はこの砦にてごゆるりとおくつろぎくださいませ」

砦の中に入り、兵士たちに案内されると、四十歳ほどの男が砦長として出迎えてくれた。

この砦は高さ四十メートルほど、幅三百メートル以上はある大型の城砦《じょうさい》で、両サイドは険《けわ》しい山に挟まれている。

よって、身軽な密偵《みってい》などはさておき、大軍がカイダ国へと向かうには必ずこの砦を通過しなければならない。つまり、国防の重要な拠点《きょてん》だ。

そんな場所だけに、どんな人間が責任者なのかと思ったが、なんとも怪しげな男がその職に就いていた。

解析で見ると、ベースレベルはなんと121。『装備規定人《ドレスコード》』というSランクの称号を持っていて、そして戦闘スキルや基礎《きそ》スキルのレベルも非常に高い。『闇魔法』なんてレベル10まで強化してあるぞ。

こんなヤツはエーアストにはいなかったし、いったい何者だ？

ちなみに、『魔王の芽《デモンシード》』は植えられていなかった。ただし、『悪魔憑《あくまつ》き』で操られている状態だ。

まあこの辺は想定内だな。

砦長以外の兵士たちは、『悪魔憑き』ではないが『支配《ドミネーション》』で洗脳されている。

「私はこの使節団の代表のアニスと申します。おもてなしいただき感謝いたします。先任の使節団が消息不明のため、護衛の『ニケ』を同伴させていただくことをお許しください」

「それはもちろんです。ただ、その行方知れずとなっている使節団ですが、この砦へはいらっしゃっておりません」

「そう……ですか。では道中で事故に遭ったのかもしれません。こちらへ来ていないのであれば、捜索は本国に任せ、私たちはこのまま王都へと足を運《はこ》ばせていただきます」

「分かりました。わたくしたちもできる限りの歓迎をさせていただきますので、今夜はゆっくりしてください」

アニスさんが代表としての挨拶を砦長と交わす。

このマッセという砦長は、表面上は友好的な態度を取っているが、何せ『悪魔憑き』の状態だ。

このまま素直に砦を通過させてくれるとは思えない。注意が必要だな。

「あのう……失礼ながら、タキアス砦長はどうされたのでしょう」

アニスさんがマッセ砦長に質問をする。

タキアス砦長？　前任の砦長ってことかな？

「我々エーアストがカイダ国を管理しているため、カイダ国民であるタキアス氏には任務を降りていただきました。彼は王都で元気に暮らしてますよ」

なるほど、確かにエーアストが支配している以上、砦の責任者もエーアストから選ばれるだろう。

至極《しごく》当然の結論と思えるが、アニスさんは少し納得いってないようだった。

ひょっとして、エーアストは平和的にカイダを統治していると信じて、砦長もそのままタキアス氏だと思っていたのかもしれない。

『魔王ユーリ』からカイダを守るため、やむを得ず侵略したというのがアニスさんたちの見解《けんかい》だから、エーアストとカイダがお互い協力して砦を守っているのが理想だったんだろう。

魔王軍からカイダを守るのが目的なら、二国で力を合わせたほうが絶対に都合がいいからね。それなのに、ざっと見たところ、完全に武力で占領《せんりょう》している状態だ。

仮にタキアスという人が優秀なら、そのまま砦長を任せておいたほうがスムーズな管理ができるはず。それがタキアス氏どころか、カイダ兵まで一切見当たらず、砦防衛に不慣れなエーアスト兵のみで管理しているようだった。

侵略したカイダに対する気遣いがまるで見えないので、アニスさんはその辺に少し失望しているのだろう。

こうやってアニスさんたちが少しずつ幻想を棄《す》ててくれれば、エーアストがただの義軍ではないということを分かってもらえるかもしれない。

なおもアニスさんは質問を続ける。

「では、剣聖イザヤ様は、こちらへはいらっしゃってますか？」

「イザヤ？　いえ、この砦には来ておりません。王都にはいるかもしれませんが、配置についてはわたくしは何も聞かされておりませんので」

「そうですか……いえ、不躾《ぶしつけ》な質問をして申し訳ありませんでした」

「構いませんよ。さぁさ、長旅で疲れたでしょうから、ゆっくりと休んでください。今から係の者がお部屋にご案内いたします。夕食ものちほどご用意いたしますので、それまでしばしお待ちください」

イザヤたちはここへは来てないのか。ちょっと安心したかな。

まあ言葉通りに受け取っていいか分からないけど。

砦長との挨拶を終えたあと、僕たちは兵士に先導されて部屋へと移動する。

ただ女性のアニスさんとディオーネさんは、途中から別のほうに案内されてしまった。

どこに連れていかれるか気になったので、『超五感上昇《スーパーセンシティブ》』の特別探知対象にアニスさんの匂いを登録しておいた。

女性に対してなんとなく申し訳なく思ったけど、これは仕方ないんで許して。

歩きながら、ケットさんが小声で話しかけてきた。

「おい、今のマッセってヤツおかしいぜ。オイラの『測定者《カウンター》』で見たら、戦闘力が4700もあった。ただの砦長にしちゃ強すぎる」

「4700だって⁉　そりゃあ『ナンバーズ』並じゃねえか！　ホントかよ？」

ヨシュアさんの声が少し大きくなったので、慌ててケットさんがそれを制止して言葉を続ける。

「ああ、オイラの『測定者《カウンター》』に間違いはない。態度も何やら胡散臭かったし、あんなヤツが砦長だなんて普通じゃないぜ」

「確かにな。今回のことは色々と半信半疑《はんしんはんぎ》だったけど、いきなり怪しさ大爆発だぜ」

「ふむ、これでエーアストの正当性ってヤツにも疑問が出てきたのう」

到着早々キナ臭い雰囲気になってきて、ヨシュアさん、ケットさん、ムドマンさんは警戒を強めている。

これなら真実を暴くのも難しくないかもしれないな。アニスさんたちにもこのことを教えてあげないと。

「こちらのお部屋をお使いください」

僕らは四つ並んだ部屋に案内され、それぞれに一つずつあてがわれた。

僕は部屋に入り、少し情報を整理する。

この砦で気付いたことは、兵士の数がかなり少ないこと。そして全員『支配《ドミネーション》』状態になっている。

『魔王の芽《デモンシード》』、『悪魔憑き』、『支配《ドミネーション》』、これらの違いを少し考察しておきたい。

『悪魔憑き』にすれば洗脳できるだけではなく、ベースレベルや所持スキルのレベルが底上げされるので、かなり戦闘力が上がる。可能なら全員その状態にすればいい。

だけど今まで魔王軍と戦ってきて分かったが、誰でも『悪魔憑き』状態にしているわけではない。

恐らく、『悪魔憑き』にできる数には限りがあるのだろう。

重要な何かを任せる人物だけを『悪魔憑き』にしているに違いない。

『支配《ドミネーション》』は、ただ逆《さか》らわないようにしているだけの雑兵《ぞうひょう》だろう。『支配《ドミネーション》』では個人の能力は上がらないし。

これも無限にできるわけじゃないので、砦の兵士たちが少ないのだと思う。

問題は『魔王の芽《デモンシード》』だ。コレを植えられた人間は、『悪魔憑き』など比較にならないほど能力が上がる。

そして『悪魔憑き』と『支配《ドミネーション》』は『虚無への回帰《ヴァニタス・エフェクト》』で解除できるけど、『魔王の芽《デモンシード》』は不可能だ。より強力な洗脳といえる。

この『魔王の芽《デモンシード》』にも限りがあるので、特に素質の高い人間――つまり対魔王軍世代の生徒たちのみに使っているのだと思われる。もしくは、何か植える条件があるのかもしれないが、現状では不明だ。

果たして、解除する方法はあるのか……？　なんとか解明したいところだ。

とりあえず、洗脳されている兵士たちを無闇に救っちゃうと、敵も次はどんな手を使ってくるか分からない。

このまま洗脳を解除しないほうが、きっと兵士たちも安全だ。砦を奪還してから元に戻すことにしよう。

あとはどうやってこの砦を攻略するかだが、今のところ相手は力ずくで僕たちを始末するつもりはないらしい。何かに利用したいのかもしれない。

もしそうなら、ちょっと危険ではあるが、あえて敵の罠にかかってみる手もある。これならエーアストの正体が魔王軍という証拠も掴めそうだし、相手を油断させれば砦の攻略もしやすいだろう。

消えた第一調査隊のこともあるし、こちらから迂闊な行動をするのは避けたい。

敵が仕掛けてきたら、それに乗ってみるか……

そう考えていたところ、部屋の呼び鈴《りん》が鳴った。

誰だろうと思って行ってみると、ヨシュアさんたち三人が僕の部屋の前で待っていた。

「あれ、どうしたんですか皆さん。もう少し休憩《きゅうけい》するはずじゃ……？」

「ああ、今オイラたちで凄いモノ見つけちまったから、ヒロにも見せてやろうと思ってな」

「案内するからヒロも来いよ」

「へえ～どんなものなのか楽しみですね。ところでムドマンさん、『ニケ』はどうしたんですか？」

「ああ、部屋で待機させとるよ。連れ回しても仕方ないしのう」

「そうなんですか。分かりました。ちょっと部屋で準備してきますので、待っててください」

僕はみんなを残して部屋の扉を閉める。

……やられた！　敵はすでに仕掛けてきていた。

ヨシュアさんたち三人は、『支配《ドミネーション》』状態になっていたのだ。

まさか敵がこんなに早く行動してくるとは……僕たちもまだ到着したばかりだし、相手が行動を起こすなら夜かと思っていたんだけどな。

部屋にいれば大丈夫かと思ったけど、ここは敵陣の中だ。安全なんてあるわけなかった。

僕としたことが甘く見てしまった。

僕が襲われなかったのはたまたまという可能性もあるが、ヨシュアさんたちに少々隙があったのかもしれない。『支配《ドミネーション》』には限界があるので、まずは三人が選ばれたのだろう。

実は、状態異常防止アイテムを渡しておくことも考えてはいたんだ。

ただ、迂闊に敵の攻撃を防ぐと、逆に危険な場合もある。状態異常が効かないと知ったら、敵が何をしてくるか分からないからだ。そのため、砦内の様子を見てから対策を考えるつもりだった。

結果、予想以上に早く仕掛けられてしまったが、ヨシュアさんたちはあっさり罠に落ちたからこそ、無事だったのかもしれない。

今からでも『虚無への回帰《ヴァニタス・エフェクト》』で『支配《ドミネーション》』の解除は可能だが、正常に戻ったことを敵に知られれば、かえって危険度は増す。

かなり強い『支配《ドミネーション》』なだけに、これが破られたと知れば、より無茶な手を使ってくるだろう。

このまま操られている状態のほうが、むしろ安全だ。そして、敵も油断してくれる可能性が高い。

しばらくはこの状態でいてもらって、機を見て回復しよう。

僕はヨシュアさんたちを扉の外で待たせたまま、『神遺魔法《ロストマジック》』の『透明化』を使って姿を消し、扉を開けてそっと外に出る。

「ん？　なんだ、扉が開いたけど誰も出てこねーぞ？」

「おかしいな。ヒロ、入るぜ～」

ヨシュアさんたちが不思議がって部屋の中を覗く。そのまま三人は中へと入っていった。

多分僕のことを探すと思うけど、その間にアニスさんたちのところへ行こう。

すでにアニスさんたちも『支配《ドミネーション》』をかけられているかもしれないが、まずは確認しておかないと次の手が打てない。

とにかく、まだこちらの手は見せず、敵には優位と思わせたままにする。

最悪僕一人で立ち向かうことになるが、みんなを人質にさえ取られなければなんとかなるはずだ。

『超五感上昇《スーパーセンシティブ》』でアニスさんの匂いを辿《たど》り、入った部屋を突きとめる。

僕たち男性陣が案内されたのと同じような四つ並んだ部屋の一室で、恐らくディオーネさんもこのウチのどこかにいると思われる。

まあまずはアニスさんと合流しよう。

近くに見張りの兵士がいないことを確認し、『透明化』を解除してアニスさんの部屋の呼び鈴を鳴らす。扉の前に誰もいないとアニスさんも警戒するだろうからね。

……しばらく待ってみたけど反応がないな。部屋から出てしまったんだろうか？

匂いから察するに、まだ部屋にいる可能性は高いんだけど。

軽くコンコンと戸を叩いてみた。しかし、やはり返事がない。

ヨシュアさんたちのようにすでに洗脳されて、どこかに行ってしまったのかも？

申し訳ないけど、部屋の中を確認させてもらおう。

僕は『解錠《かいじょう》』スキルでカギを開けようとする……いや、カギがかかっていない⁉

嫌な予感がするぞ。まさか、今中で何かが起こっている最中なのか？

僕は扉をそっと開け、部屋の中に静かに侵入《しんにゅう》した。

人の気配は……ある！　そしてこの匂いはアニスさんだ！

呼び鈴を鳴らしても出てこないということは、ピンチなのかもしれない！

まずい、急ごう！　僕は素早く奥へ入り、アニスさんの匂いの方向へと進む。

ここだ、この部屋の中にアニスさんはいる。

慎重《しんちょう》に様子を窺っていると、中から突然悲鳴が⁉

「きゃああああああああああああああああっっっっっ」

「ア、アニスさん⁉」

僕は慌てて室内に飛び込む。そこにいたのは……

湯浴《ゆあ》みをしていた素《す》っ裸《ぱだか》のアニスさんだった。

◇◇◇

アニスさんの危機を感じ、急いで部屋の中に飛び込むと、そこには一糸《いっし》まとわぬ姿のアニスさんがいたのだった。

なんてこった！　ここ浴室だったのか……焦っていて気付かなかった。

大変なことになったぞ、ど、どうしようコレ⁉

「な……なんでヒロ様がここに……？」

「い、いえ、悲鳴が聞こえたので助けに来たんですが……」

「そ……そういうことではなく、何故勝手に私の部屋に入っているのですかあああああああっ！」

「ご、ごめんなさい、ごめんなさい～っ」

僕は慌てて浴室の外に出た。

え、でも今、中で悲鳴を出したよね？　なんで⁉

「あなた、こんな破廉恥《はれんち》なことをして、いったい何を考えているのですか⁉」

浴室から戸を隔《へだ》てて、アニスさんの怒りの声が聞こえてくる。

「違います、浴室だったなんて知らなかったのです。てっきりアニスさんが襲われているのかと……」

「私の部屋に勝手に入った理由になっていません！　それに、何故私が襲われなければならないのです⁉」

「そ、それは、この砦がやはり危険だからです」

「危険なのはあなたです！　こんなことをしておいて、よくもそんな嘘がつけますね！」

「本当なんです！　今だって、アニスさんは悲鳴を上げたじゃないですか⁉」

「今のは浴室にいた黒羽虫に驚いて、つい大声を出してしまっただけです！　別に襲われていたわけではありません！」

「む、虫～⁉」

虫を見ただけであんな声を出したの？

このタイミングであれほどの悲鳴を聞いたら、僕だってビックリして慌てちゃうよ。

「そもそもいったいどうやってこの部屋に入ったのですか⁉」

「どうやってって、部屋のカギが開いてましたよ？」

「そんなわけ…………やだ、確かにカギをかけ忘れてしまったかも」

「で、でしょう？」

「だからといって勝手に入ってよい理由にはなりません！」

「いえ、呼び鈴も鳴らしたし、ノックもしました。でもお返事がなかったので」

「そ、それは湯浴《ゆあ》みをしていたので気付かなかったのです。しかし、それでも女性の部屋に入るのはマナー違反《いはん》ですよ！」

「いえ、だから危険だと思って……」

「砦内なのに、危険があるわけないでしょう！」

「説明します、ちゃんと説明しますので、一度落ち着いてください」

ガチャリと扉を開け、アニスさんが服を着て浴室から出てきた。

湯浴みで温まったからなのか、それとも裸を見られて恥《は》ずかしいのか、顔が真っ赤だ。

「では言い訳をお伺いしましょう」

「い、言い訳ではなくてですね、本当にこの砦には危険が溢れています。怪しい奴らが占領している状態なんです」

「怪しい奴ら？　確かに砦長のマッセ氏のことは少し不審《ふしん》に思いましたが……」

「マッセ氏はエーアストの人間ではありません。それに、すでにヨシュアさんたち三人が洗脳されてしまいました。もはや一刻の猶予もならないと、アニスさんのことが心配で駆けつけたのです」

「彼らが洗脳された？　ケットやムドマンさんはともかく、ヨシュアさんはそう簡単に洗脳されるようなお方ではありませんよ？」

「事実です。今の僕の行為は確かに軽率で、アニスさんには申し訳ないことをしました。しかし、ヨシュアさんたちが洗脳されたことは本当です。お願いですから、これだけは信じてください」

現状では僕の言葉を証明する方法がないので、情に訴えるしかなかった。

「……あなたほどの方がそう仰るのなら、私も無下《むげ》に否定はしません。ウソにしても、さすがに幼稚《ようち》すぎますし」

「ありがとうございます！　とにかく、アニスさんが無事でよかった」

苦しい説得だったけど、どうやら信じてもらえたようだ。

少々想定外なことが起こってしまったけど、アニスさんが洗脳されてないのは幸いだった。

この分なら、ディオーネさんもまだ無事な気がする。

「時間がありません、すぐにディオーネさんのところに行って合流しましょう」

「その前に、一つだけあなたには言っておきたいことがあります」

なんだろう？　もしウソだったら許さないとかそういうことかな？

この砦の真実は、敵が仕掛けてきた以上、あえて罠にかかってやればすぐにでも証明できる。

問題は安全面だけだ。僕たちがすでに気付いていることは悟《さと》られないようにしなくては。

このまま慎重に行動して反撃のチャンスを待ちたい。

一時的にとはいえ、洗脳されたヨシュアさんたちを放っておくのは申し訳ないが、助けるのはそのチャンスが訪れたときにしよう。

せっかく敵が仕掛けてきたんだから、上手に罠にハマりたいところ。状況を上手く利用して、砦の真相を暴いていきたいと思っている。

「なんでしょうかアニスさん？　僕が言ったことはすぐにでも証明しますが？」

「私が言っておきたいのはそのことではありません。私の裸を見た以上、あなたには責任を取ってもらうということです」

「なんだ、そんなことですか…………………って、えええええええ⁉」

責任？　どういうことですか？

まさかと思うけど……

「ファーブラの女性は皆信仰があつく、夫となる方以外には肌を見せません。ヒロ様は私の全てを見てしまいました。私はもうあなた以外の男性に嫁《とつ》ぐことはできないのです」

そ…………　そんなバカなあ…………


「あ、あのですね、ちょ、え……？　こ、困ります」

「困るのは私です！　あんなことをしておきながら、あなた逃げるつもりですか⁉」

「あんなことって、見ただけ……」

「・・・見ただけですって……！」

「いえ、すみませんすみません。で、でも、イザヤという人のことはいいんですか？」

「何故ここでイザヤ様の名前が出るのです？」

「アニスさんはイザヤという男が好きなのでは……？」

「私がいつそんなことを言いましたか？　イザヤ様のことは尊敬《そんけい》はしていますが、男性として見るのとはまったく別のことです」

そ、そうでしたか……

しかし、こりゃ別な意味で大変な事態になった。こんなこと留守番している眷女《みんな》たちに知られたら、僕は殺されるぞ。

頭の痛い状況になったが、ここでグズグズしている場合じゃない。すぐにディオーネさんの部屋にも行かないと。

「分……かりました。僕が責任を取ります。とりあえず、ディオーネさんの部屋に行きましょう」

「約束ですよ。破れば私は破門《はもん》になります。そうなったら、神官である私は生きていけません」

「お　まか　せ　くら　ひゃいぃ」

ふひ～、こんな口からデマカセ言いたくないけど、とにかく今は無事生還《せいかん》することが最優先だ。

この砦にはヴァクラースやセクエストロ枢機卿がいる可能性だってあるんだ。

アニスさんとのことは、全ての決着をつけてから改めて考えよう。

僕は少々足取りが重くなりつつも、アニスさんとともにディオーネさんの部屋に向かった。

◇◇◇

「ディオーネ？　いるなら戸を開けてください」

アニスさんが扉越《ご》しに小声で呼びかける。

僕とアニスさんはディオーネさんに会うため、隣室の呼び鈴を鳴らしたり小さくノックをしたけど、一向にディオーネさんは出てこない。

カギはかかっているようだけど、果たして中にいるのかどうか。

「アニスさん、あまりここで騒ぐと兵士たちが来ます。カギを開けて中に入りましょう」

「それはいいですが、ここは町宿の部屋などとは違いますよ。素人《しろうと》にはとても開けられるものでは……」

「大丈夫です」

僕の『解錠』スキルはレベル10だからね。厳重《げんじゅう》に機密《きみつ》管理されている場所ならともかく、この程度の部屋なら問題なく解錠できる。

よって、ものの数秒でカギを開けた。

「あ、あなたやはり私の部屋も……!?」

「違います、本当にアニスさんの部屋は無施錠《むせじょう》でした！」

「……終わったことですわね。ちゃんと責任を取ってもらえるのでしたら、もう何も言いません」

うわ、なんか凄いプレッシャーがのしかかってくる……

落ち着け、平常心平常心。戦いはこれからなんだから。

僕たちはそっと戸を開け、中に入室する。

「ディオーネ？　どこにいるのですか？」

「手分けしましょう。アニスさんは浴室のほうを見てください。僕は反対側を見てきます。何か危険を感じたら、一人で行かずに僕に知らせてください」

「分かりました」

またさっきみたいなミスは嫌だからね。浴室は鬼門《きもん》だ。

一応人の気配はするので、多分ディオーネさんはいる。

邪悪《じゃあく》な気配は感じないので、恐らく侵入者はいないと思うが、ディオーネさんが何かの罠にかかっている可能性は充分にある。油断はできない。

「ディオーネさん、いますか？」

僕は奥の寝室らしき場所に近付いた。

気配はこの中から感じる。そうか、ディオーネさんは仮眠してたんだ。

長旅で疲れてたし、ふかふかのベッドに寝転《ねころ》がりたかったのだろう。これなら無事かもしれない。

「ヒロ様、浴室のほうにはいないようです」

向こうを調《しら》べ終えたアニスさんがこっちに来た。

あとは寝室のディオーネさんと合流するだけ……と、そのとき寝室の戸が開いた。

「ア……アニス様？　こちらに来られたのですか？　ワタシとしたことが、施錠《せじょう》を忘れてしまったようで……」

目をこすりながら、寝室からディオーネさんが出てきた…………素っ裸で。

何故なんだ、なんでこうなる⁉

「ディオーネ、あ、あなた、なんて格好で……」

「え……はっ、失礼しました！　湯浴み後ベッドで横になっていたらついウトウトしてしまって……って、まてヒロ、何故お前がここにいる～っっっっっ‼」

「ごめんなさいごめんなさい、何も見てません～っ」

いや、しっかり見ちゃったけど。

完全に寝ぼけていたディオーネさんは、豪快《ごうかい》に全裸《ぜんら》を晒《さら》していた。

「ど、どういうことだ⁉　何故アニス様と一緒にワタシの部屋にいるのだ⁉」

「だ、大事な用事がありまして……って、ディオーネさん、隠して、身体を隠してくださいっ」

「おのれヒロ……このワタシの裸を見たからには、どうなるか分かっておろうな⁉」

「わざとじゃないんです、不可抗力《ふかこうりょく》、不可抗力なんですぅ～っ！」

「問答無用！　ぶっ殺す！」

ディオーネさんが僕を殴《なぐ》ろうとブンブン拳を振り回す。

裸を見てしまったお詫びのためにも素直に殴られてあげたいが、僕の『蜃気楼の騎士《ミラージュナイト》』が勝手に反応して、パンチを全て躱してしまう。

「お前っ、こういうときは素直にひっぱたかれるものだぞ！　この期《ご》に及んでよくも避けるものだな！」

「スミマセンスミマセン、勝手に避けちゃうんです～っ」

ディオーネさんはひっぱたくなんて言ってるけど、完全にグーパンである。

それで、パンチを出す度に、ディオーネさんの胸が凄いことになってるんですが⁉

いや、見ちゃダメだ、目を瞑《つぶ》ろう。僕は目を瞑ったままディオーネさんの攻撃を躱し続ける。

「お前っ、お前～っ、せ、責任取れよなあああ！」

とうとう殴るのを諦めたディオーネさんが、しゃがんで泣きだしてしまった。

ああまずい！　ファーブラの女性にとって、裸を見られることがこんなにも重大だったとは……

「こうなったらヒロ、お前には世界最強の男になってもらう！　ワタシは強い男の妻になると誓《ちか》っていたんだ。いいか、シャルフ様を超えてもらうからな！　ワタシの裸を見たのだ、無理とは絶対言わせぬぞ」

「は、はい、努力します……」

「待ちなさいディオーネ、ヒロ様はすでに私と婚約《こんやく》しているのです」

ええ、もう婚約までいっちゃってるんですか僕たち⁉

「どういうことですかアニス様？　まさか、ヒロは最初からアニス様の婚約者なので？」

「違います、先ほど私も裸を見られてしまったのです。ファーブラの神官として、殿方《とのがた》に肌を見られては夫になっていただく以外ありません」

「ヒロ、貴様～……女性の部屋に侵入し、立て続けに裸を見て回るとは、男の風上にも置けぬヤツ。どう責任取るつもりだ？　重婚《じゅうこん》する気か⁉」

「言っておきますが、ファーブラは一夫多妻制《いっぷたさいせい》ではありませんよ」

「な　ん　と　か　し　ま　す………」

今は解決方法が見つからない。

それよりも、早く砦の真実を教えないと。

「お二人のお気持ちは分かりますが、今はそれどころではありません。夫の言葉だと思って、今から僕が言うことを信じて聞いてください」

僕は現状を詳《くわ》しくアニスさんとディオーネさんに説明した。


「……なるほど、状況は理解した」

「ディオーネさん、信じてくれるんですか？」

「夫の言葉と思って聞けと言われては、信じるしかなかろう」

現状を無我夢中《むがむちゅう》で説明したら、二人とも理解してくれたようだ。

ここで躓《つまず》いたらどうにもならないからね。

とんでもないハプニングはあったけど、ひょっとして裸を見てしまったからこそ、アニスさんもディオーネさんも腹をくくって僕を信じてくれたのかもしれない。

『未来の夫』という立場がなかったら、こんなに簡単に僕を信用してくれたかどうか……

「私とディオーネのどちらをヒロ様が選ぶのかによっては、穏《おだ》やかならぬことになりますけどね」

あう……あえて考えないようにしてたのに思い出してしまった。

アニスさんが凄いプレッシャーをかけながら僕を睨んでいる。あのやさしいアニスさんが、こんなに怖いオーラを出すなんて……

どっちを選んでも、穏やかならぬ事態になる気がします。

「アニス様、ワタシは完全に裸を見られてしまったのですよ⁉　どうかヒロのことはお諦めください」

「私も全身を余すところなく見られてしまいました。もはや別の殿方には嫁げません。ディオーネこそ、神官ではなく騎士なのですから、そこまで教えに拘《こだわ》ることもないでしょう」

余すところなくだなんて、そんなにガッツリとは見てない……見ちゃったかな。

本能的に勝手に目が追っちゃった気がする。二人ともごめんなさい。

「お言葉ですが、ワタシの裸を見た以上、ヒロはワタシのモノです。そしてヒロには世界最強の男になってもらいます」

「では、最強の男にならなければ諦めるということですね」

「いいえ、ワタシが必ず最強の男にしてみせます」

とまあさっきからこの繰り返しなんだよね。

僕が口を挟むと余計こじれそうなので、落ち着くまで黙って見てるけど。

ただ、これ以上時間を無駄にするわけにはいかないので、ぼちぼち作戦開始しようと思う。

「お二人ともそろそろ行きますよ。さっき渡した『聖魂の護符《クリスタルハート》』は着けましたね？」

コレは最古の迷宮の最下層で手に入れた宝石『蒼光結晶《スターサファイア》』から作った魔道具で、精神汚《お》染《せん》に対する耐性が大幅に上がる護符《アミュレット》だ。

毒や麻痺などには効果はないが、これさえ着けていればまず『支配《ドミネーション》』にはならないはず。

ほかにも状態異常に対する強化をしておこうかと思ったけど、さりげなく罠にかかりたいので、防御を強力にしすぎてもよくない。

僕もついているし、まあ護符《アミュレット》があれば充分だろう。

「分かりました。ヒロ様のことについては、全てが終わってから改めて話し合いましょう。それでいいですね、ディオーネ」

「……承知しました。ヒロ、逃げるなよ」

うう、気が重い……

「で、では先ほども言った通り、ヨシュアさんたちがおかしな行動をしたり、何か罠のようなモノがあったりしても、自然に行動してください。相手にこちらの力を気付かれては、ヨシュアさんたちの命が危《あぶ》ないです」

「しかし、わざわざ罠にかかってやることもないと思うが？」

「いえ、あえて相手の策にハマり、敵を油断させたほうが僕にとってはやりやすいです」

「でも、そんなことをしては、窮地になってしまうのでは……？」

「信じてください、絶対に大丈夫です。何故なら、僕はシャルフ王より遥かに強いからです」

「ヒロ、貴様～っ！　言うに事欠《ことか》いて、シャルフ様より強いなどと……！」

「夫になる男の言葉を信じられませんか？　僕は無敵です。アニスさんもディオーネさんも、必ず僕が守ります」

僕は自分の力をハッキリと宣言した。

敵の罠にあえてかかろうというのだ。アニスさんたちも不安に違いない。

安心させるためにも、僕の力を信じて任せてもらうしかない。

「……言うじゃないかヒロ、少しグッときたぞ。分かった、もう何も言わぬ。お前の力を信じよう」

「わ、私もヒロ様を信じます」

「ありがとうございます。ではヨシュアさんたちのところに行きましょう」

僕たちは行動を開始した。

5. 魔眼の女

「あれヒロ⁉　どこに行ってたんだ？　オイラたちずっと探してたんだぜ？」

「なんだ、アニスさんとディオーネまで一緒か。それにしても、ヒロはいつ部屋から出たんだ？」

ケットさんとヨシュアさんが、僕たちの姿を見て不思議がる。

僕の部屋まで戻ると、三人はまだ部屋の中を探している最中だった。

「ちょっと用事を思い出して、アニスさんたちに会いに行ってたんです。たまたま部屋を出るときに、ヨシュアさんたちと入れ違いになっちゃったみたいですね」

「あーそうなのか、気付かなかったぜ」

洗脳状態のせいで、ヨシュアさんたちは細かい思考ができないらしい。

命令されていることだけ遂行しようという感じだ。

「そういえばさっき、凄いモノを見つけたと言ってましたよね？」

「そうなんだよヒロ、オイラたちが案内するからみんなで行こう」

「ケット、凄いモノってなんなのだ？」

「へへっ、それは見てのお楽しみってヤツだぜディオーネ」

ディオーネさんが怪訝《けげん》な目でケットさんやヨシュアさんたちを見つめる。

僕の説明したことを信じると言ってくれたけど、洗脳についてはやはりまだ半信半疑なんだろうな。アニスさんも、ヨシュアさんたちのことを食い入るように観察している。

フィーリアが持つ『聖なる眼』があれば洗脳を見抜くことも可能だろうが、通常の人ではこの異変に気付くのは困難だ。

このままアニスさんたちが挙動不審《きょどうふしん》になっていると、僕たちが疑っていることを知られてしまうのでまずい。敵の思惑に乗るため、もう移動しよう。

「それではヨシュアさん、その凄いモノのところに僕たちを連れていってください」

「おう、こっちだ」

僕たちはヨシュアさんの案内に従って移動した。

◇◇◇

「ここが、その凄いモノがある場所なのか？」

ディオーネさんが周りを見回しながら、不審がる様子を隠さずに問いかける。

僕たちが案内されたのは、恐らく砦の端《はし》に位置するであろう小さな部屋だった。

ここに至っては、さすがにアニスさんとディオーネさんもヨシュアさんたちの異変を確信し、警戒度を高めている。

多分何か仕掛けてくるだろうけど、アニスさんたちにはなんとか自然な対応をしてもらいたいところ。

問題は何をしてくるかだな。

いきなり僕らを皆殺しにしようとするなら、もちろん僕も全力で反撃する。

その場合は、もう僕も容赦《ようしゃ》しない。どんな状況になろうとも手加減なく全面戦争だ。

僕が大人しくしているのは、下手に反抗すると逆に危険かもしれないと思っているからだ。特に、ヨシュアさんたちを人質にされたりすると困る。

僕たちを力ずくで殺さず、こんな回りくどいことをやってきているので、恐らくそんな強引な展開にはならないと思うが。

それと、相手の罠にハマることで、アニスさんたちにエーアスト軍の正体が魔王軍だと証明する目的もある。

残りのクラスメイトを考えると、ここにいるヤツの目星もだいたいついているので、相手の策に乗ってエーアスト軍の裏側を暴いてやりたいところだ。

「ヨシュアさん、何も見当たらないようですが……本当にその見せたいものというのはあるのですか？」

何もない部屋に案内され、アニスさんがさすがに不安になって聞いている。

もう少しの辛抱《しんぼう》だから、何が起こっても自然体でお願いしますよ。

「なぁにアニス、心配するでない。すぐに楽しくなるでの」

「そうそう、オイラみたいにハイになれるぜ！」

ムドマンさんとケットさんが、ヘラヘラと緊張感のない口調で受け答えする。

「……何もないなら帰らせてもらうぞ」

焦《じ》れたディオーネさんが踵《きびす》を返そうとしたとき、それは起こった。

部屋の天井から、一気に紫色の煙《けむり》——何かのガスが吹き出したのだ。

「しまった！　アニス様、外に出ましょう！」

アニスさんとディオーネさんは罠にハマる策を承知していたはずだけど、やはり本能的に回避しようとしてしまう。

解析したところ、コレは魔界にある毒ガスの一種だ。いくつか種類はあるみたいだけど、このガスは吸っても命に別状はない。身体の麻痺と強力な意識喪失《そうしつ》効果があるだけだ。

このことを知らないアニスさんたちは恐怖でうろたえたが、まあこれはこれで自然な反応だ。問題ないだろう。

部屋から逃げ出そうとした二人だったが、一度吸っただけで神経が麻痺し、上手く動けずに膝《ひざ》をついてしまった。

僕の渡した『聖魂の護符《クリスタルハート》』は、精神攻撃――『恐怖』、『混乱』、『忘却《ぼうきゃく》』、『催眠』、『魅了《みりょう》』、『支配』などの防止効果しかないので、この毒ガスを防ぐことはできない。

しかし、そのおかげで上手い具合に罠にハマれそうだ。みんなが順番に意識を失っていく。

もちろん僕には無効だが、効いたフリをする。

思った通り、まだ僕たちを殺す気はないようだし、このまま相手の策を逆利用しよう。

全員が完全に気絶したことを確認してから、洗脳状態の兵士たちが部屋に入り、僕らを抱えてどこかへと連れ去った。

◇◇◇

「ここは……いったい……？」

まずはアニスさんが目を覚《さ》ました。続いて、ディオーネさん、ヨシュアさんと、次々に意識を取り戻す。

僕らが運ばれたのは、どこかの牢獄だった。

運ばれながら、僕はこっそりと辺りを窺っていたけど、隠し通路を通っていたな。

ちょっと探索した程度では、ここはとても見つけられない場所だ。罠にかかった甲斐《かい》があった。

ちなみに、重要な砦に設置されている牢獄だけに、かなり頑丈《がんじょう》にできているようだ。

脱獄防止に、色々と特殊な効果もかかってるっぽいね。

「なんだこれ？　オイラたち、変なところに入れられちまってるなあ」

「まあのんびりいこーぜ」

ありゃ、ヨシュアさんたちまだ洗脳が解けないのか。

上手く敵の策にハマれたし、もう治しても大丈夫だろう。

「万象原点に帰《き》せ、『虚無への回帰《ヴァニタス・エフェクト》』っ！」

「ん？　……ふお？　…………なんじゃこりゃあっ‼」

「ええっ、オイラなんでここに？」

「さっきまでの記憶がないぞ、いったい我が輩はどうしちまったんじゃ⁉　おおお、我が輩の大事な娘『ニケ』がおらぬではないか！」

ヨシュアさんたち三人が正気《しょうき》に戻った。

ここまでは完全に僕の計画通りだ。むしろ、予想以上に上手くいっている。

何せ、アニスさんたち女性陣も同じ牢獄に入れてくれたからね。男女で別々の場所に監禁《かんきん》されたら、また合流するのにちょっと面倒だなと思ったけど、まあ魔王軍にそんな気遣いあるわけないし。

「ど……どういうことだヒロ、お前を信じろと言うから信じてみれば、この状態だ。装備も取り上げられてしまったし、どうすることもできないではないか！」

「そ、その通りですヒロ様、これでは絶体絶命ですよ⁉」

「あ、装備ならありますよ。僕が持っているコレを使ってください」

僕はアイテムボックスから魔装備を取り出す。前回は渡しそびれちゃったけど、この状況なら使ってくれるだろう。

「おおっ、こりゃあ……スゲー武器と防具じゃねえか！　ちょっと普通じゃねーぞ」

「どうでしょう？　皆さんの装備に引けを取らないはずです」

「引けを取らぬどころか、国宝級に近いワタシの装備よりも上ではないか！」

「ああ、オレも愛刀《あいとう》には愛着があったが、この剣の凄さには震えるぜ。これほどの魔装備一式、いったいどこで手に入れたんだ⁉」

ヨシュアさんとディオーネさんが、魔装備を手に取りながら驚きの声を上げている。

「えーと……僕が自分で作りました」

もう正直に言っちゃえ。こんな魔装備どこにも売ってないし、迷宮で手に入れたと言っても何かウソ臭い。ツッコまれたとき、色々と言い訳するのが面倒だ。

敵が仕掛けてくれたおかげで、アニスさんたちにもエーアスト軍の正体を証明できそうだし、もうあまり隠さなくてもいいだろう。

『魔王ユーリ』と疑われない程度には力をさらけ出していこう。

「じ、自分で作っただあ⁉　こんなの世界一の魔道具製作士でも作れねーぞ？　どれも迷宮最下層クラスの逸品《いっぴん》じゃねーか！」

魔装備をまじまじと見つめながら、さらに驚愕の声を上げるヨシュアさん。

「実は僕、魔道具作りが得意でして……あ、コレも渡しておきますね」

そう言って、『アイテムボックス』と『完全回復薬《エリクシール》』をみんなに配る。すると、アニスさんがおずおずと尋ねてきた。

「もしかして……コレもヒロ様がお作りになったのですか？」

「まあそんなところです」

「なんだってええええっ⁉　そ、そんなヤツ、オイラ聞いたことないぜ⁉」

「まったくだ。オレも交友関係は広いが、『完全回復薬《エリクシール》』を作れるヤツなんて古今東西《ここんとうざい》聞いたことがない」

うーん、まあそうだろうね。みんなが驚くのも無理はない。

おっと、コレも渡しておかないと。

「コレは『聖魂の護符《クリスタルハート》』という、精神攻撃への耐性が上がるアイテムです。アニスさんたちはすでに着けているので、ヨシュアさんたちも身に着けてください」

「こ、こりゃあ凄いアイテムじゃ！　これほどの護符など見たこともないわい！」

「オイラもう気絶しそうだぜ！　こんなに魔道具を持ってたら、一生遊んで暮らせるじゃないか！」

ムドマンさんとケットさんが、もはや呆《あき》れたように言葉を発する。

「ヒロ様、あなたの真の姿は魔道具製作士なのですか？」

「いえ、違いますよアニスさん、僕は剣士です」

「剣士でこの魔道具を⁉　オレとしたことが、まだまだヒロのことを侮ってたようだぜ。なるほど、シャルフ陛下が『ヒロがいれば絶対に危険になることはない』と言ったのがようやく分かった」

「いや、ヒロの凄さは認めるが、今我らは窮地に立っているぞ。たとえ装備があろうとも、この牢獄からの脱出は不可能だ」

「ディオーネの言う通りだぜ。この手の牢屋のカギは特殊だから、オイラの『解錠』スキルでも『盗賊魔法《シーフマジック》』でも開けるのは無理だぞ」

「あ、それは全然問題ないです」

「問題ないだってえ～っ！」

……とそのとき、誰かがこの牢獄のある部屋に入ってきた。

「目を覚ましたようね。気分はどう？」

僕たちが入れられている牢獄は七メートル四方程度の部屋にあり、その半分を牢獄が占《し》めている。

この部屋の扉を開けて入ってきたのは、赤髪ショートヘアの女――フリーデンの襲撃に参加してなかった元クラスメイトのサマンサだった。

まあこれは予想していた。ここの兵士たちが『支配《ドミネーション》』状態にされてたからね。

そう、このサマンサの持つレアスキルは『魔眼』なのだ。その能力で、ヨシュアさんたちやこの砦の兵士たちを洗脳したわけである。

「お前っ……思い出したぞ！　オレはこの女に会ったあと、記憶がなくなっている！」

「オイラもだ！　コイツの……そうだ、目を見たあとからオイラはおかしくなったんだ」

「我が輩も思い出した！　年甲斐《としがい》もなくべっぴんなネーチャンだと鼻の下伸ばしたら、何か頭が痺《しび》れちまったんじゃ」

ヨシュアさんたち三人が、『魔眼』をかけられたことを思い出す。

「アンタたちっ、アタシの洗脳が解けちゃったの？　こんなに早く戻るはずないのにっ⁉

それにその装備はどうしたのよっ⁉」

　サマンサが僕たちの状態を見て驚きの声を上げる。

『魔眼』はAランクスキルで、相手の目を見つめることでその精神を操ることができる。

　精神異常を与える攻撃は『闇魔法』にも存在するが、『魔眼』は詠唱する必要がないのが最大の長所だ。目を見なければ防げるという弱点もあるが、突然仕掛けられると、なかなかレジストするのは難しい。

　ただし、上位冒険者は異常耐性能力も高いので、『魔眼』にやられることはあまりない。

　それなのに、何故上位冒険者であるヨシュアさんがかかってしまったかというと、まずサマンサのベースレベルが『魔王の芽《デモンシード》』によって500もあったからだ。

　さらに、サマンサの『魔眼』はレベル8だった。

　これは『魔眼』のレベルとしては破格《はかく》で、なかなか到達することができない領域だ。

『魔眼』をレベル7から8にするのに、1300万近くの経験値が必要になるからね。レベル1からの合計なら2500万以上にもなる。

　本人の適性次第ではもっと少なくて済むけど、強化するのが大変なことに変わりはない。

『魔王の芽《デモンシード》』によって、ベースレベルやほかのスキルに経験値を使う必要がなく、全てを『魔眼』に注ぎ込んだからこそ到達できたものだ。

　そしてスキルは、レベルが一つ上がると大きく能力が向上する。

ベースレベル５００と魔眼レベル８、この二つが揃《そろ》ったことにより、さすがのヨシュアさんでもレジストできなかったというわけである。

「仕方ないわね。じゃあもう一度アタシの奴隷《どれい》になってもらうわよ」

サマンサの目が赤く光る。

「ま、まずい、『魔眼』だ！　みんな目を見るなっ！　……くそ、見ちまった、もうだめだ！」

「やばい、オイラも！」

「我が輩も……若いネーチャンの顔はつい見ちまうのう」

「ムドマン殿、少し気になるのだが、ワタシはその『若い子』に入っておらぬのか？」

「ディオーネも若いから安心せえ。ただ、ピチピチしとる子は目が離せんのじゃ」

「失敬《しっけい》な！　ワタシはそのぴちぴちしてはいないということか!?」

「ムドマンさん、私はどうなのです!?」

「アニスは……アニスもまだまだ若いもんには負けておらぬて」

「その言い方では、私は若くないということなのでは？」

「ムドマン殿、ぴちぴちの定義を話してくれ！」

「ア、アンタたち、アタシの『魔眼』が全然効いてないの!?　どういうこと!?」

『魔眼』をものともせずに漫才めいた会話をするみんなを見て、サマンサは何が起こっているのか分からず動揺《どうよう》していた。

「あれ、ホントだ。目を見ちゃったのにオイラ平気だぞ」

「さっきは一瞬で思考が停止しちまったのにな」

「これは、ヒロ様から頂いた『聖魂の護符《クリスタルハート》』のおかげですのね？」

「なんなの!?　王族でもあるまいし、アタシの『魔眼』が通じないなんて信じられない！」

「ふん、お前のような小娘にやられるワタシではない」

「あら、小娘で結構だわ。アンタたちのようなおばさんにはなりたくないもの」

「おばさんだとぉっ！」

「待ちなさいディオーネ、この小娘はワタシが殺《や》ります」

「ふがが、こんな恐ろしい顔のアニスは初めて見たわい。くわばらくわばら……」

んー……なんだろうね、この緊張感のなさは。

まあアニスさんだけ、めっちゃどす黒いオーラ出してるけど。

今の言葉は禁句《きんく》だったんだろうなあ……まさかアニスさん、僕に凄いプレッシャーをかけているのは、婚期《こんき》を逃して焦っているからなんてことないよね？

いや、疑っちゃ悪いか。裸を見ちゃったのは事実なんだし。

ムドマンさんはサマンサの容姿《ようし》を気に入ってるっぽいけど、どの辺がツボなんだろう。

サマンサはクラスメイトの中でも大人びてる部類で、年に似合わない妖艶《ようえん》さがある子だ。

今も肌を多目に晒したセクシーな服を着ているし、その辺がムドマンさんの言うところのピチピチなのかな？

ちなみに、僕たちは鉄格子《てつごうし》を隔てて対面しているが、この距離でもサマンサは元クラスメイトの僕には気付いていない。ピを使ってまで変装した甲斐があったというものだ。

「まあいいわ。『魔眼』が効かないなら、ア何かに利用できると思って生かされてたのにねえ……あ～可哀想」

「キミ、ちょっと聞きたいんだけど、僕たち使節団に対してこんなことしていいと思ってるの？　エーアスト本部は、このことを知ってるのかい？」

僕はサマンサに、エーアストの真意を問いただす。

「当たり前でしょ。何が使節団よ、わざわざ様子を見に来るなんてうっとうしいわね。ファーブラなんて、我がエーアストに従ってればいいのよ」

「そんな、ファーブラとエーアストは一番の友好国のはずです。何故そのようなことを言うのです⁉」

「友好国？　いつの話よ。もう侵略は始まってるのよ。カイダの次はファーブラを攻め落としてやるから覚悟しておきなさい。って、アンタたちはここで死んじゃうんだけどね」

サマンサの発言を聞いて、アニスさんはショックで言葉を失っている。

これでアニスさんもディオーネさんも、エーアストの真実を知ってくれただろう。

その正体が魔王軍ということまではまだ暴いてないけど、エーアストがけっして正義の軍ではないということは分かってもらえたはず。

「貴様っ……ここから出せっ！　卑怯者《ひきょうもの》め、ワタシと正々堂々の勝負もできないのか！」

「ごめんなさいね、戦闘はアタシの仕事じゃないの。まあでも、アンタ程度ならアタシでも勝てるけどね」

「このぉ～っ！」

ディオーネさんがサマンサの挑発に激怒《げきど》する。

サマンサがベラベラ暴露《ばくろ》してくれたおかげで、目的の一つは達成できた。

僕の思惑通りに行動してくれて嬉《うれ》しいよ。これでもうサマンサの役目は終わったし、ぼちぼち牢獄から出るとするか。

「さぁて、アンタたちを始末するため仲間を呼んでくるわ。せいぜい残りの時間を楽しむのね」

話を終えて、サマンサが部屋から出ようとするのを僕は引き止める。

「まあ待てよサマンサ、僕の話をちょっと聞いてくれ」

「ア、アンタ、なんでアタシの名前を知ってんの⁉」

「教えてほしいかい？　ならもう少しこっちに近付いてくれよ」

「あら、何するつもりかしら？　言っておくけど、その牢獄は特殊設計のモノだから、カギを開けるのも不可能だし、どうやっても脱獄は無理よ?」

「そうなんだ?　でも脱出できちゃったらどうする?」

「そんなことできたら、裸で逆立《さかだ》ちして砦の中一周してやるわよ」

「そんなもの別に見たくないけど、脱出しちゃおう」

僕は牢獄の鉄格子を掴んで、グイッと前に突き出す。

特殊合金でできた鉄格子は、天井と床に内蔵《ないぞう》された鋼鉄板にガッツリ溶接《ようせつ》されていたけど、ボキンボキンと鈍い音を立てながら接合部が破壊された。

牢獄には収容者の能力を制限する結界みたいな効果もあったけど、もちろん僕には通じない。

「ぎぇえええええええっっっ‼　待って待って、巨人族の力でもビクともしない牢なのよ⁉　どどどどういうことなの⁉」

「僕の腕力がそれ以上ってことなんだろうねえ」

まあ熾光魔竜《ゼイン》よりも僕は怪力だからね。この程度の牢なんて、木の鳥かごを壊すようなもんだよ。

「ちょっ、すぐに連絡……」

「おっと、行かせないよ」

「おぶううぅっ」

僕は一瞬で回り込んで、サマンサに『闘鬼』スキルの技『絶悶衝波《ぜつもんしょうは》』を叩き込む。

これは破壊の波動《はどう》で全身の神経を粉砕《ふんさい》し、ドラゴンすら行動不能にする技だけど、もちろん手加減してあげた。

我ながら、上手く力の加減ができたようだ。ディオーネさんと模擬戦したのがよかったのかもしれないな。

ほかにやり方があればよかったんだけど、サマンサはベースレベル５００なので、これくらいしないと止められないいんだよね。状態異常にもなかなかならないだろうし。

手加減したので、神経がズタズタになるなんてことはなかったけど、サマンサは完全に気絶してしまった。

さすがにちょっとやりすぎたので、エクスポーションで傷は回復してあげて、そのまま縛《しば》り上げた。当分目は覚まさないと思うけど、また動かれちゃうと面倒だ。

あと、『魔眼』も一応スキルコピーさせてもらった。使うかどうかは分からないけど。

「このネーチャン、我が輩らが脱獄できたら裸で逆立ちするって言っておったが……裸にしちゃってええんかの？」

「ダメに決まってるでしょ、ムドマンさん」

なんかムドマンさんがすっかり色ボケおじさんになっちゃってるな。

三十年世話してる恋女房『ニケ』がいないから、寂しくて暴走しちゃってるとか？

『ニケ』にも変なことしてないか疑っちゃうところだ。

サマンサが倒れたことにより、砦の兵士たちの洗脳が解けているかもしれない。とすると、僕たちの脱獄に気付かれるのも時間の問題だな。

グズグズしてられないぞ。

「ヒ……ヒロ、お前、コレ……めちゃくちゃだ。本当に人間か？」

おっと、ケットさんが壊れた鉄格子を見ながら呆然《ぼうぜん》としている。

いきなり力を見せちゃったけど、こうしないと脱出できなかったからね。

「シャルフ様より……強い？　まさか、本当のことなのか？」

「だから言ったでしょディオーネさん、僕は無敵だって」

「そばで見ていたのに信じられません、こんなことをできる人が存在するなんて……」

ディオーネさんとアニスさんも、今起こった現実に少々混乱気味だ。

「素手で軽々と堅牢《けんろう》をぶち壊すなんて、怪力にもほどがある。それにこの戦闘力……ヒロ、お前まさか『吸血鬼《ヴァンパイア》』じゃないだろーな？」

「『吸血鬼《ヴァンパイア》』っ⁉　違いますよ！　ここに来るまで、昼間もずっと僕は行動してたじゃないですか！」

「そ、そうだったな、『吸血鬼《ヴァンパイア》』ならお日様の下にゃあ出れねーもんな。わりぃわりぃ、お前が規格外《きかくがい》すぎて、ちとおかしなこと考えちまったぜ」

「いや、ヨシュアの勘はあながち外れちゃいないんじゃないか？　この力なのに戦闘力1510という数値もおかしいし、少なくとも人間じゃないだろヒロ！　オイラの目はごまかせないぜ」

んんー困ったな。まだ全然本気出してないのに疑われ始めちゃった。

これがあるから、なるべく力は隠してたんだけど……

しかし、このあとも砦の奴らと戦闘になるだろうし、そうなったらもうあまり力を隠してはいられない。なんとか納得してもらわないと。

「僕は正真正銘《しょうしんしょうめい》の人間です。でもどうすればそれを証明できるか分かりません。ただ一つだけ言えるのは、僕は皆さんの味方です。僕を信じて任せてください」

「私はヒロ様を信じます。いきなりで少し驚きましたが、約束してくれた通り、私を守ってくれました」

「ああ、ワタシも信じるぞ。何せ未来の夫なのだからな」

少し放心していたアニスさんとディオーネさんが、気を取り直して僕を擁護してくれる。

二人からそう言ってもらえると、とても心強い気持ちだ。

「な、なんだぁ？　あんなにヒロに対して対抗心をむき出しにしてたディオーネが、ヒロの嫁になるのか⁉」

ケットさんが目をむいていると、アニスさんがすかさず会話に割り込む。

「待ちなさいディオーネ、妻になるのは私と言ったはずですよ」

「アニスまでどういうこった⁉　オイラたちが操られている間に、いったい何があったんだよ！」

「ワタシたちはヒロに全てを見られてしまったのだ。もうほかの男には嫁げない……」

「ヒロ～っ、お前アニスとディオーネを襲ったのか⁉　あれほどオイラが襲うなって忠告したのに……ズルいぞ！」

そう言いながら、ケットさんが小さな身体をぴょんぴょん動かして暴れている。

何か勘違いしてるみたいだな。

「いえ、襲ってないですよ、たまたま裸を見ちゃっただけで……」

「ガハハハ、ヒロがそんなに手が早かったとは知らんかったわい。なかなかやるのう」

「ムドマン殿、笑いごとではないのです。ワタシとアニス様は、今最大の窮地を迎えているのですぞ」

最大の窮地って……ディオーネさんにとって、敵に襲われるよりもそっちのほうが一大事なの？

戦いはこれからだというのにぃ……大丈夫かな。

まあでも、なんとなくまとまってくれたようだ。

「では今からこの砦を奪還します。出会う敵は排除していきますが、気付かれずに行動できるならそれに越《こ》したことはありません。ということで、皆さんには気配遮断《しゃだん》の魔法をかけます」

僕は闇魔法の『隠密障壁《ステルスバリア》』をみんなにかけた。

これは隠密《おんみつ》系の最上位魔法で、集団をまとめて隠蔽《いんぺい》することが可能だ。

「ヒロ……お前は闇属性の上級魔法まで使えるというのか⁉　くっ、なんという男だ、何か身体が熱くなってきたぞ」

ディオーネさんが拳を握《にぎ》りながら、なんとも不敵な笑みを浮かべている。

ちょっと怖いんですけど……

「おいおいヒロ、剣士なのに闇属性の上級魔法が使えるなんて、伝説級の『暗黒剣士』じゃねーかよ！　やっぱりお前人間じゃな……」

「よせケット、ヒロが味方ならそんなのはどうでもいいことだ。オレはヒロを信じる」

「ありがとうございますヨシュアさん。絶対に裏切ったりしませんよ。それでは行きましょう」

僕らは気絶したサマンサを残し、部屋の外に出た。

第三章　反撃開始

1．任務の真相

牢獄部屋の外は細い通路となっていた。

元々この砦には兵士が少ないので、この隠し通路にも警備《けいび》は見当たらないが、それ以外にも兵士がいない理由がありそうだ。

多分、ここはただの兵士が来るような場所ではなく、上位クラスの人間しか近付けないんだろう。その証拠に、通常の砦内では感じなかった殺気が、この通路には満ちている。

僕たちの脱走にはまだ気付いてないだろうが、間違いなくこのあと戦闘になるはずだ。

警戒を強めて進んでいこう。

少し行くと、僕たちが出てきたような部屋の扉があった。

中から人の気配を感じるが、どうも邪悪なモノではなさそうだ。

ひょっとして、僕たちと同じように囚われになった人がいるんじゃないのか？

「中に人がいるようです。入ってみましょう」

「大丈夫なのか？」

「敵ではないと思います。幽閉されている人かもしれません」

「幽閉されているですって⁉　まさか……」

アニスさんの顔色が変わり、酷く動揺している。幽閉されている人物がかなり気になるようだ。

『解錠』スキルで扉のカギを開けて、そっと部屋の中に入る。

薄暗い室内には、やはり僕たちが入っていたのと同じような牢獄があった。

そこに数人――女性一人と五人の男たちが囚われていた。

「ミユナーゼ様！」

アニスさんが囚われの女性を見て叫びながら駆け寄る。

ミユナーゼと呼ばれた女性は、輝く金髪を短く切り揃え、スラリとした容姿をしていた。

年はアニスさんと同じか、少し上くらいだろうか。

恐らく、監禁されてからだいぶ経っていると思うが、薄汚《うすよご》れた衣服を着けながらも、凛《りん》とした高貴《こうき》さを感じさせている。

「アニスさん、この方は……？」

僕は女性の正体を聞いてみる。

「ミユナーゼ様は、現ファーブラ女王陛下セティナス様の姪《めい》にあたるお方なのです」

女王様の姪⁉　そんな人がなんでここに幽閉されてたんだ⁉

「マッセ砦長は、我が国の使節団はここへは来ていないと言っていたのに……私たちを洗脳しようともしたし、ヒロ様の言う通り、本当にエーアストは敵国となってしまったのですね」

使節団⁉　そうか、この人たちは消えた第一調査隊のメンバーなのか！

まさか、メンバーの中に女王陛下の姪がいたなんて……！

どうやら、アニスさんが受けた本当の任務は、このミユナーゼ様の捜索、そして救出だったらしい。

エーアストの真の姿が次々とあらわになり、アニスさんが寂しそうに肩を落とす。友好国として、心から信頼してたもんね。

洗脳されたイザヤたちと再会したら、さらにショックを受けるだろうな。

「ミユナーゼ様を見つけられましたし、皆さんにはもう全てをお話ししてもよいでしょう」

アニスさんはそう言うと、驚きを隠せない僕たちに今回の調査隊の真の任務を教えてくれた。

◇◇◇

「なるほど、わざわざ『ニケ』まで投入したのは、そういうことじゃったのか」

任務の真相を聞いて、全て腑《ふ》に落ちたとばかりに納得したムドマンさんが何度も頷いている。

その『ニケ』がいなくて、すっかりしょげちゃってるけどね。

アニスさんの話はこうだった。

ファーブラはカイダを侵略したエーアストの真意を問うため、最大の敬意を表して国賓《こくひん》級とも言える使者――王族であるミユナーゼ様を使節団として送り出した。

ところが、出発後しばらくすると、ミユナーゼ様たち第一使節団からの連絡が途《と》絶《だ》えてしまった。

念のためSランクの護衛騎士五人を帯同《たいどう》させていたので、余程のことでもない限りは道中に不安はないはずだった。

もちろん、さらに強力な護衛をつけることも可能だったが、あまり物々しい状態で行くと、無駄に相手を刺激してしまうかもしれない。

そう考え、最低限の戦力で行ったのが裏目《うらめ》に出たのだ。

焦ったのはファーブラ女王セティナス様だ。愛する姪を捜索するためとはいえ、不安定な情勢のことも考えると、仰々《ぎょうぎょう》しい行動を取るわけにもいかない。

そこで特に優秀な人間を選抜《せんばつ》して第二使節団として送らせた。それがアニスさんたちだ。神官としての能力もさることながら、妖精たちを使役できる『妖精騎士団《フェアリーナイツ》』を持つアニスさん。

『穿つ者』の称号を持つ、ファーブラ最強の騎士ディオーネさん。

どんな状況にも対応可能な『武芸百般《オールマイティ》』のヨシュアさん。

『測定者《カウンター》』で相手の戦力が分かる上、万が一の罠《トラップ》などにも心強いケットさん。

そしてファーブラの国宝『ニケ』と、その操縦者ムドマンさん。

まさにファーブラオールスターという感じだ。

ただし、ミユナーゼ様の救出任務については、アニスさんとディオーネさん以外は聞かされていなかったらしい。万が一情報がミユナーゼ様を襲った者たちに漏《も》れたら、ミユナーゼ様の命が危険だったからだ。

ちなみに、使節団に対して危害を加えるのは御法度《ごはっと》だ。

国同士がたとえ明確な敵対関係であっても、他国の使者に対してはけっして手を出してはならない。これは世界共通のルールだ。

ましてや友好国エーアストが、ファーブラの使節団をどうにかするなど思ってもなかっただろう。

しかし、相手の実態は魔王軍だ。そんな常識など通用するはずもない。

当然のように、ミユナーゼ様たちは捕らえられてしまった。殺されなかったのは利用価値があると思ったんだろう。

ミユナーゼ様を『魔眼』や『悪魔憑き』で洗脳してファーブラに送り返すという手もあったと思うが、洗脳していることがバレたら大変だ。王族には洗脳が効きづらいということもあるし、安易に取れる作戦ではないと考えたのかもしれない。

そうして使い道を決めかねていたとき、第二使節団のアニスさんたちが来るという連絡を受けた。

この状況で第二使節団に来られるのは、砦にいる奴らとしては困っただろう。だから道中に手強いモンスターを配置し、そこで使節団を葬《ほうむ》るか追い返す予定だったに違いない。

僕らがここに辿り着いちゃったのは、敵としては想定外だったかもな。夜を待たず、着いて早々強引に仕掛けてきたのも、焦りの裏返しではなかろうか。

とにかく、これはファーブラに対する完全な敵対行為だ。アニスさんたちもそれを理解している。

砦の兵士たちが勝手に暴走したという言い訳も可能だけど、真実はすぐに明らかになるはずだ。

相手の策に乗るというこの作戦が上手くいってよかった。下手に暴れていたら、ミユナーゼ様を人質に取られていたかもしれない。

あと確認しておきたいのは、ほかにも捕まっている人がいるのかどうかだ。

「ミユナーゼ様、ほかに囚われの方はいますか？」

「分かりません。一応、第一使節団のメンバーはここにいる者で全てですが……」

うーむ……そうは言っても、ほかに人質に使われそうな人がまだ監禁されている可能性はある。本格的な反撃は、ほかに囚われている人がいないか確認してからのほうがよさそうだ。

『魔眼』の洗脳が解けた兵士たちが心配だけど、彼らを人質に使ってくることはないだろう。

僕たちファーブラの使節団に対し、エーアスト軍がエーアストの兵士を人質に取るなんておかしいからね。それこそ、自分たちは魔王軍だと言ってるようなもんだ。

「アニス、そして救出に来てくださった皆様、わたくしのことは放っておいて、すぐにでも脱出してください。そして、世界にこのことを知らせてください」

「あ、いつまでも牢に入れたままでスミマセンでした。大丈夫です、ちゃんとミユナーゼ様もお助けいたしますよ」

「無理です、この牢から出ることは叶いま……」

「えい」

ボゴン。

あまり音が出ないように、牢獄をやさし～く破壊する。

「……………………………………え？」

「さあ出てください」

唖然《あぜん》としているミユナーゼ様と護衛の人を、牢から出るように促す。

「この牢獄って、こんなに脆《もろ》かったのですね……わたくし、てっきり絶対に逃げられないものだと思っておりました」

「いえ、ミユナーゼ様、このヒロ様というお方が凄いのです。あのシャルフ陛下が、世界で一番お強い剣士としてご推薦《すいせん》してくれたほどの方なのですよ」

アニスさんが嬉しそうに僕のことを説明する。その横でディオーネさんも誇らしげに頷いている。

なんかプレッシャーみたいなものが重くのしかかるのを感じたけど、気のせいだと思いたい……

「で、ではミユナーゼ様たちには、先にここから脱出してもらいます」

そう言って僕は『転移水晶』を取り出し、効果の説明をする。

「コレを使えば、簡単にフリーデンに行くことができます。この計画はシャルフ王にも話してありますので大丈夫です」

僕も一緒に付き添《そ》って送ってあげたくもあるんだけど、一度ここから出てしまうと、

『転移水晶』を使ってもこの場所に戻ってくるのは難しい。

『転移水晶』は目視《もくし》できる場所へならかなり正確に転移できるが、頭に思い浮かべた場所だと、座標《ざひょう》がほんの少しずれてしまうことがある。そのため、この手の立体的な構造物内に転移するのは、少々危険なのだ。砦の外になら転移で戻ってこられるが、せっかく敵の腹の中に入り込めたので、砦を出ずにこのまま攻略したいところ。

「まあ、こんな凄いものまで持ってらっしゃるなんて……本当に頼もしいお方なのですね」

「うふふ、ミユナーゼ様、このヒロ様は私の婚約者《フィアンセ》なのです」

ああっ、アニスさんてば、妙に浮かれちゃって余計なことまで喋ってるぅ～っ！

こんなときに言わなくてもいいのに！

「あら、アニスにこんな男性《ひと》がいたなんて……先を越されてしまったようですね」

「待ってくださいミユナーゼ様、ヒロはワタシの未来の夫でもあるのです」

あわわ、ディオーネさんまでそんなややこしいことを……

で、二人ともなんでそんなに勝ち誇ってるんですか？

「……あなたたち、ファーブラの乙女として、わたくしの説教が必要なようですね。そしてヒロ様でしたか？　あなたにも聞きたいことがありますので、是非ファーブラへといらしてください。絶対に来るように！」

「は、はい、承知いたしました……」

「ヒロ、言っておくけどこのミユナーゼ様には手を出さないほうがいいぜ。さすがに殺されるぞ」

ミユナーゼ様に叱《しか》られてシュンとする僕。それを見て、愉快《ゆかい》そうに茶化してくるケットさん。

だから、アニスさんとディオーネさんにも手は出していないんですよぉ……

2．囚われの鬼将軍

ミユナーゼ様とお供の人たちを『転移水晶』でフリーデンへ送り出したあと、僕らはまた移動を再開する。

この辺りは全て捕虜《ほりょ》の居住区らしく、牢獄部屋ばかりだ。恐らく、表に出せないような人間を幽閉する場所だろう。

かなりの人数を収容できるみたいだが、今のところ囚われの人は見かけない。

ちなみに、敵の見張りも一切見当たらない。推測通り、ここは一部の人間しか来られないようだ。

まあここの牢獄から逃げるのは不可能だから、警備の必要はないと思っているのかもしれないが。

しんとした通路を慎重に進みながら、もうほかに囚われの人はいないのかもと思っていたところ、前方右奥の扉から気配が漂《ただよ》ってくるのを感じた。

この向こうに誰かいる。

邪悪なものは感じないが、一応敵だった場合に備えながら、『解錠』スキルでカギ開けを行う。

「しっかし、ヒロはカギ開けもできるんじゃ、オイラの出番が全然ないぜ」

「いや、オレの出番もねーよ。凄すぎて、ちっと呆れちまうくらいだ」

「我が輩なんて『ニケ』がおらぬのでは完全に用無しじゃい」

作業中、後ろからケットさん、ヨシュアさん、ムドマンさんの気落ちした声が聞こえてきた。

「いえいえ、皆さんの力は頼りにしてますよ。皆さんのおかげで、敵の罠も利用できましたし」

「全然褒《ほ》められてる気はしねえけどなあ。敵にはやられっぱなしだしよ」

お礼も込めて三人を励ましたけど、それでも面目《めんぼく》が立たないのか、ヨシュアさんはバツが悪そうに頭を掻《か》いている。

「皆さんの利用価値が高いと敵が思ってくれたからこそ、今のこの状況があるんです。相手の思惑に乗るというのも、簡単そうで結構難しいものですよ。自信を持ってください」

「ほ～う、そんな見方もあるのか。まあ気ぃ遣《つか》ってくれてありがとよヒロ」

あっさり洗脳されてしまって、ヨシュアさんの上位冒険者としてのプライドが少し傷ついちゃったみたいだけど、これほどのメンバーだからこそ僕も大胆《だいたん》な作戦が取れたんだ。

きっと、もう一度やったってこんなに上手くいかないぞ。


カギを開けて中に入ってみると、牢獄の中には屈強そうな五人の男たちが入れられていた。

解析で見たら、一人凄い戦闘力の人がいる。

精悍《せいかん》な目つきをしていて、ヨシュアさんとほぼ同じ体格――百八十センチほどの身長で、白髪《しらが》混じりの頭髪を見ると多分五十を少し過ぎた年代だ。

年齢的に力のピークは過ぎていると思うけど、それでもＳＳＳランク冒険者上位相当の力を有している。

いったい誰だ？

「……もしや、ダモン将軍ではありませんか？」

アニスさんがその男の正体に気付く。

ダモン将軍……カイダ国のダモン・フードゥル将軍か！　カイダ軍を一人で支える猛《もう》将《しょう》だ。

「誰だ貴様たちは⁉　ワシを知っておるようだが、この砦の者ではないな？」

突然現れた僕たちを警戒しているようで、ダモン将軍は睨みつけながら言葉を発した。

なるほど、噂通りの高い戦闘力だ。ベースレベルは１１５で、『荒武者《あらむしゃ》』というSランク称号を持っている。

これは『狂戦士』の上位能力に近く、パワー重視の『狂戦士』に対し、こちらは剣技や回避といった全体的な能力まで大幅に上がるらしい。

『ナンバーズ』には及ばないけど、世界でも指折りの強さだろう。

「ひゃあ～、オイラの『測定者《カウンター》』では、戦闘力２６５０ってなってるぜ。数値上はヒロよりも強いぞ！」

「そりゃあ鬼将軍と言われてるほどだからな。ってことは、ほかの四人は配下の部将さんか？」

ヨシュアさんの言う通り、雰囲気からして将軍直下の騎士隊長たちだろう。

全員SSランクほどの力を持っていて、彼らも僕たちのことを怪訝な目で見ている。

「私たちはファーブラから来た使節団です。怪しい者ではありません」

アニスさんが僕らの紹介も含め、ここへ来た目的を丁寧《ていねい》にダモン将軍たちに話す。

彼らはそれを訝《いぶか》しげに聞きながらも、なんとか信じてくれたようだった。

「なるほど、囚われになった者を救出に来たということか。確かに敵ではないようだ」

「信じていただけて感謝いたします。ところで、ダモン将軍ほどの方が、何故このような所に幽閉されているのですか⁉」

「くっ……あの忌々《いまいま》しい小僧どもに、不覚を取ってしまったのだ」

ダモン将軍が今回の戦いについて語り始めた。

◇◇◇

「なるほど、そんなことがあったのですね……」

アニスさんが将軍の心情を慮《おもんぱか》るように頷く。

ダモン将軍の話を聞き終えて、今回の侵略行為の詳細が明らかになった。

まず、ある日突然、宣戦布告もなくエーアスト軍がカイダへと襲いかかった。

完全な不意打ちではあるが、たとえ奇襲であろうとも、通常なら道中の砦で食い止められるはずだった。

ところが、エーアスト軍は信じられないほど強力で、噂の対魔王軍世代――エーアストの神徒たちが、瞬《またた》く間に砦にいるカイダ軍兵士を叩き伏せていったのである。

あっという間に砦は落ち、そのままカイダ本国に攻め入られてしまう。

エーアスト軍は少数精鋭《せいえい》なだけに、進軍も神がかり的に速かった。

砦からの緊急連絡――襲撃を伝える魔導伝鳥が王都に届いて間もなく、エーアスト軍も王都に到着してしまったのだ。

ダモン将軍は早急に軍を整えエーアスト軍を迎え撃ったが、相手は驚異的な力を持つ神徒たちだ。猛将と呼ばれたダモン将軍といえど、なす術《すべ》なく王都を攻め落とされてしまった。

王都陥落後、ダモン将軍には洗脳を試みたようだが、強力な耐性を持つ将軍には『魔眼』も通じなかったらしい。

そして王族も、やはり精神攻撃に対する耐性は強く、洗脳は不可能だったようだ。殺されなかったのは、何かに利用できると考えたからだろう。それに、『魔王ユーリからカイダを守る』というのが侵攻の大義名分なので、安易に処刑するわけにはいかなかったと思われる。

同じ理由で、恐らくカイダの王族たちもまだ無事なはず。

ダモン将軍が王都にいては統治の邪魔と考え、忠実《ちゅうじつ》な部下たちと一緒に砦へ移動させられ幽閉されたということだ。

ちなみに、元の砦長タキアス氏は、砦の兵士たちと一緒に本国へと送られているらしい。

こちらは無事かどうかは分からないが、安易に殺すことはしてないようなので、幽閉されている可能性は高そうだ。

アニスさんたちは、もう完全にエーアストを危険国と判断してくれている。

サマンサやミユナーゼ様の言葉だけでは、エーアストの一部の人間だけが暴走している可能性もあったが、ダモン将軍の話でそれも完全に否定された。

もはやエーアストの侵略行為について疑う余地はない。

「神徒の噂は聞いておったが、あれほど強いとはな……このワシより強いのがゴロゴロおった。しかしエーアスト軍め、いきなり侵略してくるとは、なんという不埒《ふらち》な国家よ」

「ダモン将軍、今回のことは『魔王ユーリ』が仕組んだ罠という可能性はないのでしょうか？」

まだその線を疑っているのか……

アニスさんは、エーアストの凶行《きょうこう》に『魔王ユーリ』が関わっていると思っているようだ。

「『魔王ユーリ』？　ゼルドナを襲ったというアレか。可能性はゼロではないな。エーアスト軍は何か変だった。背後に黒幕がおってもおかしくはない」

「本当ですか⁉　ではやはり『魔王ユーリ』が原因に違いないわ。ということは、すでにエーアストも『魔王ユーリ』の手に落ちてしまったのかしら……」

えーっ、そうなっちゃうんですか⁉

うーん……非常に不本意ではあるけど、エーアストを魔王軍と思ってくれるならそれでもいいか。

いやむしろ、『魔王ユーリ』の仕業にしちゃったほうが、世界は混乱しないで済むかも。一致団結《いっちだんけつ》してエーアストに立ち向かえるしね。

『魔王ユーリ』についての誤解は、魔王軍を倒してから解いても遅くはないだろう。

とにかく、『魔王ユーリ』が原因でもなんでもいい。ヴァクラースとセクエストロ枢機卿を叩ければそれでいいんだ……僕が疑われてちょっとだけ悲しいけどね。

「ではダモン将軍、ここから脱出しましょう」

戦いの詳細を聞いていたので、少し長居をしすぎた。すでに真夜中近くになっている。もう僕たちの脱獄には気付かれている頃だ、急ごう。

「いや、牢の鍵がなくてはどうにもならん。この牢獄は我が国が作り上げた鉄壁の……」

ガコン。

「……ほおおおお⁉　バカな、あれほど堅固に作ったのに、すでにガタが来ていたのか⁉」

今まで同様、鉄格子を軽く破壊する。サクサク行こう。

「ダモン将軍、もう囚われの方はいないでしょうか？」

ほかに救助すべき人がいるかどうか聞いてみる。

「あ、ああ、ワシらだけのはずだ。しかし、まさか牢が壊れていたとはな……ワシとしたことが確かめないとは迂闊だった」

「いや将軍、牢は壊れてなかったと思いますぜ。このヒロが凄いだけですよ」

ヨシュアさんは恐らく親切心で、牢が壊れてなかったことを将軍に教えた。

「なんだ貴様、我が国が作った牢をそいつが力ずくで壊したとでも言うのか？」

「信じられないかもしれませんが、まあそういうことです」

しかし将軍は、今の発言が少々癇《かん》に障《さわ》ってしまったようだった。

「ワシを、いや我がカイダ国を愚弄《ぐろう》する気か⁉　この鉄格子を人の力で壊せるわけなかろう。最初から壊れていたのだ！」

「いや、でもこのヒロは……」

「もうよい！　冒険者風情《ふぜい》がこのワシをコケにするとはな。助けに来てくれたことには感謝する。だが元々我らだけでも脱獄は可能だったのだ。恩着せがましいことはやめてもらいたい！」

あ〜……こじれちゃった。この牢獄を人の手で壊せるなんて思わないもんね。

部外者に助けられたということも、少しプライドを傷つけちゃったかもしれない。

「話はこれで終わりだ。ワシらはこの砦を奪還する。その戦いの隙に、お前たちはここから脱出するがよい」

「ええっ、皆さん五人でですか？　差し出がましいようですが、砦は僕だけで奪還しますので、皆さんはコレで脱出してください」

と、僕は『転移水晶』を取り出してダモン将軍たちにも説明する。

「ぬっ……凄いアイテムを持っておるな。だがワシらには不要。それに、貴様一人で奪還するなど到底不可能であろう。お前たちこそ脱出しろ、これは我らカイダ騎士の戦いなのだ！」

ダモン将軍に続いて、配下の部将たちも口々に言葉を発する。

「そうだ！　第一、部外者にこの砦内の情報を見られたくない」

「ああその通り。悪いが、その『転移水晶』とやらで出ていってくれ」

「あ、いえ、でも……」

あっさり却下《きゃっか》されてしまって、まいったなと思っていると……

「待てよヒロ、『僕だけ』ってことは、オレたちにも脱出しろっていうのか⁉　ここまで一緒に来たのにつれねえじゃねえか。オレにもお供させてくれよ、冒険者としての血がうずいちまってるんだ」

「オイラも残る。こんな面白いことが始まってるんじゃ、『探求者《シーカー》』魂《だましい》が黙ってないぜ」

「ええっ、でもヨシュアさん、ケットさん……」

「ヒロよ、確かにお前一人でも大丈夫なのかもしれぬが、ワタシもここに残るぞ。ワタシは真実が知りたいのだ」

「私も同じです。ここで帰っては、エーアストの真実を知ることができません。いったい何が起きているのか、『魔王ユーリ』とは何者なのか、ちゃんと見届けたいのです」

「我が輩もこの手に『ニケ』を取り戻すまで、ここを離れるわけにはいかん！」

「ディオーネさん、アニスさん、ムドマンさんまで……」

ううっ、ダモン将軍どころか、アニスさんたちからも脱出を拒否《きょひ》されてしまった。

皆さん勇敢《ゆうかん》なのは嬉しいんだけど、ここは素直に避難してほしいです……

エーアストの正体をアニスさんたちには理解してもらえたし、失踪した第一調査隊も救出した。

これでここに来た目的は全て達成できたので、あとは砦の奪還、そしてカイダ王都へ行くだけ。

ここから先は僕一人のほうが戦いやすいから、みんなには脱出してもらいたいんだけど、これじゃ無理かな？

世界を動かす異変が起こってるんだ、やはり自分の目で見ないと気が済まないんだろうな……

よし、僕も腹をくくった。

みんなを危険に晒したくはなかったけど、これ以上無理強《むりじ》いしても時間を無駄にするだけだ。ここは穏便《おんびん》に解決しよう。

「分かりました、皆の奪還はダモン将軍にお任せいたします。ただ、僕たちにも手伝わせてください。ここの敵は手強いです、人手は必要だと思いますよ？」

「むぅ……確かに、我ら五人だけでは少し手こずるやもしれぬが、しかし……」

「それに、装備はどうするのです？」

「それは……敵を倒してぶんどるに決まっておろう。貴様が心配するには及ば……」

「どうぞこの装備をお使いください」

僕はアイテムボックスから魔装備一式を取り出す。

「なんと、この装備は………うーむよかろう、同行することを許可する」

ほっ、許しがもらえてよかった。断られたらどうしようかと思ったよ。

「だが、邪魔をするでないぞ。もし足手まといになるようなら、即刻退避してもらうからな」

「ありがとうございます。お力になれるよう頑張ります」

「ヒロ、そんな下手に出てないで、お前の力を……」

「しっ、ケットさん。ここはこれでいいんです。僕の力は内緒で……」

「まあヒロがそう言うなら、オイラはもう何も言わないけどよ」

せっかく上手くいったんだ。将軍の機嫌《きげん》を損ねないよう、そっとケットさんに口止めをする。

とりあえず、なんとかまとまってよかった。

僕だけでやりたかったが、このメンバーなら多分大丈夫だろう。

「では行くぞ。この砦《そこ》はワシの管轄外《かんかつがい》ではあるが、建物の構造はだいたい知っておる。皆ワシについてくるがよい」

ダモン将軍を先頭に、僕らは移動を始める。

どんな危険が待ち構えているか分からないが、みんなは僕が絶対に守ってみせる。

行くぞ！　今から反撃開始だ！

3. 最強の殺し屋組織

『隠密障壁《ステルスバリア》』に守られながら、僕らは通路を進んでいく。

監獄区域《かんごく》を抜けてから今のところは一本道だけど、恐らくこの先は複雑《ふくざつ》に分かれていくはず。

通常なら迷《まよ》ってしまいそうだが、だけどダモン将軍なら問題なく進んでいける。

もし僕だけで砦の奪還に挑んでたら、この広い砦から司令本部を探すのは結構苦労したかもしれないな。ダモン将軍がいてくれてよかった……ん？　何かおかしい⁉

「待ってください、皆さん動かないで！」

慌てて僕はみんなの動きを制止する。

漠然《ばくぜん》とした感覚なんだけど、何か変な危険を感じた。これは迷宮内での罠の気配に似ている。

『領域支配』スキルも反応しているし、間違いない。

『真理の天眼』でよく見てみると、おぼろげながら設置されている範囲もなんとなく分かった。

「どうかしましたか、ヒロ様？　何か問題でも？」

「この辺りにトラップの気配を感じるんです」

「トラップだと⁉　そんなもの、この砦には設置しておらん！」

僕の言葉に、ダモン将軍が怒気を含んだ声で言い返してくる。歩みを止められたのが気に障ったのかもしれない。

「いえ、確実に何かあります。皆さん動かないで！」

「ヒロといったか？　ワシがないと言っとるのだから、ここには罠などない。邪魔をするな！」

「まあダモン将軍、待ってください。オイラの魔法でトラップがあるか確認してみますよ……『罠探知《トラップサーチ》』っ！」

ケットさんが『盗賊魔法《シーフマジック》』で辺りを調べる。

が、しかし……

「……うーん何もないぜ？　ヒロは気にしすぎだって」

残念ながら『罠探知《トラップサーチ》』には何も反応しなかった。

「ほれ、見るがいい。まったく、臆病風《おくびょうかぜ》に吹かれおって」

「我らの邪魔をするなと言ったはずだ。怖いなら今すぐ帰れ」

僕が怖がっていると思われたようで、配下の部将さんにまで叱責《しっせき》されてしまう。

仕方ない、あまり能力を知られたくなかったけど、僕の『盗賊魔法《シーフマジック》』を使ってみるか。

「『高精度罠探知《グレーター・トラップサーチ》』っ！」

僕は『盗賊魔法《シーフマジック》』レベル10にある罠探知系の最上位魔法を使ってみた。

すると、罠のある場所――通路の側壁や床、天井のあちこちが赤く点滅《てんめつ》しだした。

なんだコレ、トラップだらけじゃないか⁉

「バカな、こんな場所に罠など設置しているわけがないのに、どういうことだ⁉」

罠があったという事実にダモン将軍が驚いている。

なるほど、この罠があったから見張りの兵士がいなかったんだ。下手に配備《はいび》すると、余計な被害が出そうだしな。

「ヒ、ヒロっ、なんだその魔法は⁉　オイラの『盗賊魔法《シーフマジック》』にそんなのないぞ⁉　いったいレベルいくつの魔法なんだ⁉」

Aランクスキルである『盗賊魔法《シーフマジック》』をレベル10にするには1億ちょっとの経験値が必要だから、通常はそこまで到達できる人はいない。ケットさんが持っていなくて当然だ。

「いやその、実は僕『盗賊魔法《シーフマジック》』が得意でして……」

「お前はなんでも得意だろ！　まったく、オイラの出番はもう完全にないぜ」

ケットさんが立場をなくして、ちょっとふてくされちゃった。

普段なら僕も出しゃばるようなことはしないんだけど、状況が状況なので許してほしい。

「ふ、ふむ……少しは役に立つようだな。まあ罠程度、ワシらだけでもなんとかなったがな」

ダモン将軍が平静を装《よそお》いながら発言する。多少は僕のことを認めてくれたようだ。

それにしても、何故トラップが？

「しかし、おかしいぜヒロ。オイラの『罠探知《トラップサーチ》』で分からないほどの高度な罠なんて、迷宮の最下層クラスにしかない。それがこんなところにあるわけ……まさか⁉」

「どうしましたケットさん？　急に青い顔になって……何か心当たりがあるんですか⁉」

「ある！　ひょっとしたらだけど、凄腕《すごうで》殺し屋『死罠人《デストラッパー》』の仕業かもしれない！」

「『死罠人《デストラッパー》』だって……！」

ケットさんの発言に、ヨシュアさんが驚く。

『死罠人《デストラッパー》』？　エーアストで会った『木魂《こだま》』、『百手《ひゃくしゅ》』といい、ゼルドナにいた『屍霊王《コープス・キング》』といい、またしても殺し屋の存在が⁉

「『死罠人《デストラッパー》』は、噂ではトラップを作れる特殊《ユニーク》スキルを持っていて、迷宮最下層クラスの罠ですら作っちまうらしい。ヤツに狙われたら、絶対に生き残れないとか」

「最下層クラスの罠……しかし、この砦が落ちてからまだそれほど日にちは経っていませんが、こんな短期間に作れるんですか？」

「ヤツなら可能だと思うぜ。手作業で一から作っていくんじゃなく、ある種の魔法みたいな能力だからな」

ケットさんが『死罠人《デストラッパー》』というヤツの能力を説明してくれる。

なるほど、僕の『魔道具作製』スキルみたいなモノか。これほどたくさんのトラップを一から作り上げていったら、それこそ何ヶ月もかかったりするもんな。

「どうすんだヒロ⁉　いくらお前が凄くても、この罠を抜けることはできないぜ。ヤツの罠は解除不可能だ」

「いえケットさん、この程度なら別にどうってことないです」

「どうってことないだってえ⁉　ヒロ、『死罠人《デストラッパー》』の罠を見くびっちゃならねえよ！　本当に死ぬぞ!?」

どんなトラップを設置したのか知らないけど、正体さえ分かればなんてことはない。

今の僕には、トラップなんてただのガラクタに過ぎない。

これも『迷宮適性』スキルをコピーさせてくれたトウカッズのおかげだ。ありがとうトウカッズ！

「からくり仕掛けの歯車よ、全て機能を停止せよ！『罠機構完全解除《ギミック・オールキャンセル》』っ！」

レベル10の『盗賊魔法《シーフマジック》』を放つと、探知《サーチ》で赤く点滅していた部分が全て元に戻った。

つまり、問題なく罠は全解除できたということだ。

「うおおおおおスゲエエエッ！　こんな簡単に『死罠人《デストラッパー》』の罠を無効化するなんて！　く～『盗賊魔法《シーフマジック》』には凄い力があったんだな、オイラも頑張ってスキルのレベルをアップさせるぜ！」

ケットさんが『盗賊魔法《シーフマジック》』の可能性を知って大興奮《だいこうふん》している。

それにしても、こう何度も殺し屋と遭遇するなんて偶然とは思えない。魔王軍と何か繋《つな》がりでもあるのでは？

「ケットさん、『百手』という殺し屋は知ってますか？」

「ああ、そいつなら知ってるぜ。有名だったからな。ちょっと前に死んだって噂を聞いたけど、それがどうかしたのか？」

「いえ、では『木魂《こだま》』や『屍霊王《コープス・キング》』という殺し屋のことは？」

「そいつらも有名な殺し屋だ。確か三人とも一緒の殺し屋組織に所属していたはずだぜ」

「ああ、そいつらならオレも知ってる。世界最強の殺し屋集団『嘆きの楽園《ジュエワン》』っていう組織のメンバーだ。『死罠人《デストラッパー》』も所属してたはずだが、それがどうしたんだ？」

ヨシュアさんも知っていたようで、殺し屋組織の名前まで教えてくれた。

なるほど、話が繋がったぞ。エーアストで襲われたときにもひょっとしてと思ったが、やはり悪魔たちが裏で操って僕たちを襲わせていたんだ！

ってことは、この砦にもその殺し屋組織のメンバーたちがいるのか⁉

「その『嘆きの楽園《ジュエワン》』のメンバーって、ほかに分かりますか？」

「噂では『百手』、『木魂』、『屍霊王《コープス・キング》』、『死罠人《デストラッパー》』のほかに、『玩具屋《がんぐや》』、『呪爪《じゅそう》』、『黒蜘蛛《くろくも》』、『闇紳士《ジェントルマン》』、えーとあと『夢魔主《ナイトメア》』ってのもいたか。持ってる能力は謎《なぞ》だが、どれも超一級の殺し屋で、狙われたら命はないって話だ」

ヨシュアさんがほかのメンバーも知っていた。

そんなにいるのか……面倒なことになりそうだ。

「一応『死罠人《デストラッパー》』の罠については、無限に設置できるってワケじゃないらしいぜ。多分、管理できる数に限界があるんだろうな。一瞬で設置とかもできないようだから、一つずつ解除していけば問題ないはずだ」

イヤな情報ばかりだったが、ケットさんがいい情報も教えてくれた。

罠に限りがあるのはよかった。次から次へと設置されたら、いつまで経っても前に進めないしね。

よし、だいたいのことは分かったぞ。まずは罠を解除しながら、慎重に進んでいくとするか。

「ふん、殺し屋など恐れる必要はない。ワシを誰だと思っておるのだ」

「しかしダモン将軍、実際この罠は……」

「罠についてはワシの専門外だ、貴様に任せる。敵との戦闘はワシらが受け持つ、それで文句はあるか？」

「あ、はい、それで問題ないです……」

どうもやりにくいな。色々とプライドを傷つけちゃってるのかもなあ。

「よし、では先に進むぞ！」

将軍の号令で、また僕たちは移動を再開した。

◇◇◇

ところどころに仕掛けてある凶悪なトラップを、『罠機構完全解除《ギミック・オールキャンセル》』の魔法で次々と解除し通り抜けていく。

たまたま『盗賊魔法《シーフマジック》』を手に入れてたおかげで助かったけど、もし持ってなかったらちょっと苦労したかもね。トラップを破る苦労じゃなくて、僕の力を隠すのに苦労しただろうなってことだけど。

『盗賊魔法《シーフマジック》』なしだと、力ずくで罠を突破しなくちゃならなかったし……おっと、この気配は！

「止まってください、ダモン将軍！」

「むっ、またトラップか⁉」

「いえ、その元凶《げんきょう》を見つけました………コイツです！」

僕は『物質生成』スキルで瞬時に鉄球を作り出し、通路前方の側壁――右手側の壁面《へきめん》に、手首のスナップだけでそれを投げつける。

すると、ドゴンッと破壊された壁の中から、小柄な一人の男が倒れてきた。

僕の投げた鉄球を腹部にモロに喰らった男――『死罠人《デストラッパー》』だ。

「な、なんと⁉　そこに敵が潜んでおったのか⁉」

「はい、恐らく一連のトラップを作り上げた『死罠人《デストラッパー》』です」

「なんで分かるんだ、ヒロ？」

「多分ですけど、トラップが一切作動しないのを不思議に思って、手動で発動させに来たんですよ」

「手動で⁉　なるほど、それなら『盗賊魔法《シーフマジック》』で解除されても問題ないからな」

ケットさんの言う通り、『盗賊魔法《シーフマジック》』の『罠解除』は、基本的にはスイッチの反応をオフにするだけだ。

トラップの仕掛けを壊すわけじゃない。そのため、トラップ自体は生きたままの状態だ。

例えるなら、自動で矢を射《い》るトラップがあったとして、罠解除をすると装置の起動スイッチがオフになる。

だけど手動操作なら、スイッチをオフにされてもタイミングを計《はか》って再びオンにして、矢を射ることができる。

『死罠人《デストラッパー》』はトラップを手動で操作するため、あえてここまでやってきたのだ。

ただ、僕の『罠機構完全解除《ギミック・オールキャンセル》』はトラップの仕掛け自体を無効にしちゃうので、手動でももう起動させられないんだけどね。

そんなことなど知らない『死罠人《デストラッパー》』は、わざわざやられるために来ちゃったわけで、まあご愁傷様《しゅうしょうさま》です。

「しっかし、ごっつい一撃だったな。手の平くらいの鉄球だが、こんなもん喰らったら死んでもおかしくないぜ。それに上手く投げたもんだ」

完全に気絶している『死罠人《デストラッパー》』を覗き込みながら、ヨシュアさんがそばに転がっていた鉄球を拾い上げる。

「実は僕、球投げが得意なんですよ」

「へー、何かスポーツでもやってたのか？」

「まあそんなところです」

と言いつつ、実はそのヨシュアさんからもらったスキル『武芸百般《オールマイティ》』のおかげなんだけどね。

このスキルの効果で僕の全戦闘スキルがパワーアップしたんだけど、その中に『投術』と『精密』が融合した『撃鬼』というのがあった。

コレはブーメランなどの投擲《とうてき》武器の扱いが非常に上手くなるスキルなんだけど、投げるものならなんでも対象になるようだ。

このレベル1でさえ強力な『撃鬼』スキルが、ヨシュアさんのおかげでレベル8になっているので、投げられるものなら全て必殺の凶器になる。今それが役に立ったわけだ。

魔法や弓矢と違って、とっさにピンポイントで攻撃できるのは使い勝手がいいかも。

遠距離狙撃になってくると、弓矢の方が圧倒的に優秀だけどね。
・・・・ノビている『死罠人《デストラッパー》』は生かしたまま捕らえ、逃げられないようガッツリと縛り上げる。
解析してみたところ、持っていたレアスキルはSランクの『上級罠製作《ハイグレード・トラップメーカー》』というモノだった。

コイツがここまでやってきたということは、もう僕たちの脱獄には気付かれているわけで、このあと刺客がどんどん現れるだろうな。気を引き締めよう。

「なんか『死罠人《デストラッパー》』が可哀想になってきたぜ。音に聞こえた殺し屋が、罠一つ発動できずにやられるなんてな。ヒロの『狂戦鬼』を使うまでもなかったとは」

『狂戦鬼』……ってなんだ？　ヨシュアさんの発言に、僕は一瞬首をひねる。

……ああ、そんな設定あったっけ！　僕の強さをごまかすため、架空《かくう》のスキルをでっちあげたんだ。もう完全に忘れてたよ。変なボロを出さないように気を付けよう。

「それにしても、あれほど恐れられた『死罠人《デストラッパー》』って、意外にもこんなちっこい男だったんだなあ。まあハーフリングのオイラよりは大きいけどよぉ。戦闘力も『測定者《カウンター》』では365で、まあAランク程度だな」

ケットさんが測定した通り、『死罠人《デストラッパー》』自身の強さはそれほどでもない。

レアスキル『上級罠製作《ハイグレード・トラップメーカー》』に経験値を注ぎ込んでいたから、ベースレベルもほかのスキルも軒並《のきな》み大したことはないのだ。

多分、トラップで仕留めても経験値が入るのだろう。だから、レアスキル以外を育てる必要はあまりなかった。

直接やり合うこともないだろうからね。

今も、凄腕殺し屋にしては気配を消すのが下手で、僕の『領域支配』ですぐ感知できたし。

ちなみに、僕たちは『隠密障壁《ステルスバリア》』で隠蔽されている状態だけど、透明になるわけじゃないので、姿は見られてしまう。ただ、気配遮断と音響遮断《ノイズカット》がされているので、多少の物音を立てても気付かれることはない。

視認錯誤《オブザーブエラー》も起こさせるので、パッと見ただけでは侵入者と認識されなかったりもする。

まあ色々と隠密行動には便利な魔法だけど、隠れる場所もないこの通路では、さすがに見つからずに移動するのは不可能だ。このあとも殺し屋たちをごまかすことは無理だろう。

それと、『死罠人《デストラッパー》』は案の定『悪魔憑き』の状態だった。

ほかの殺し屋も全員『悪魔憑き』になっていると思っていたほうがいいな。

以前エーアストで襲ってきた『悪魔憑き』たちは叩きのめしたら元の状態に戻ったけど、『死罠人《デストラッパー》』は解除されないままだ。

魔王復活が近付いて悪魔の力も上がっているから、この程度じゃ解除されないのかもしれない。

『虚無への回帰《ヴァニタス・エフェクト》』を使えば解除可能だが、前回『悪魔憑き』の男たちが元に戻ったときには、記憶がなくなっていた。殺し屋たちにはあとでゆっくり聞きたいことがあるので、とりあえず解除せずこのままにしておこう。

『上級罠製作《ハイグレード・トラップメーカー》』を含め、『死罠人《デストラッパー》』のスキルはこっそり全強奪させてもらったし、これで問題ないだろう。

あとの問題は、この砦に殺し屋たちが何人いるかだが……と思ってるそばから、早速新たな刺客がご到着のようだ。

そう、薄暗い通路奥の角から、次の殺し屋が現れたのだった。

4．殺し屋たちの襲撃

「何者だ⁉」

接近者の気配を感じたダモン将軍が、前方の通路奥を注視する。

光源に乏しい通路は薄暗く、一般人なら目視に苦労するだろうが、ここにいるみんなは『暗視』スキルを持っているため問題なく見通すことができる。

三十メートルほど先の曲《ま》がり角から現れたのは、長い黒髪をした長身の女性だった。

この場に不釣《ふつ》り合いな紫のドレスを着ていて、一見普通の女性に見えるが、もちろんそんなわけはない。当然『悪魔憑き』の状態で、非常に高い戦闘力を持っている。

「ヒロ、こいつ手強いぞ！　オイラの『測定者《カウンター》』では戦闘力４３９０となってる！」

「砦長のマッセってヤツに続いて、またしても『ナンバーズ』級じゃねえか！　ってことは、あの女も殺し屋『嘆きの楽園《ジュエワン》』の一員ってことか⁉」

「そういうことじゃろうのう。しかし、殺し屋とはそんなに強い存在じゃったのか。我が輩の『ニケ』さえおれば……」

ただの女性みたいな相手が凶悪な殺し屋と知って、ケットさん、ヨシュアさん、ムドマンさんも驚いている。

『ナンバーズ』級か……なるほど、それくらいの力はあるだろうな。

彼女のベースレベルは120。殺し屋たちには『魔王の芽《デモンシード》』が植えられてないので、彼女のレベルはサマンサのように高くはない。

ただし、長年積み重《かさ》ねられた経験により、戦闘スキルや基礎スキルが軒並み高い。これは即席で強くなったクラスメイトにはないモノだ。

そして殺し屋としての変わった能力――『髪舞術《はっぶじゅつ》』というSランクスキルも持っているので、恐らく単純な戦闘力以上の強さがあるだろう。

ケットさんの『測定者《カウンター》』ではその異質な力を測れないので、戦闘力4390でも一切侮ることはできない。

「あなたたちなかなかやるようね。今まで獲物《えもの》を逃したことのない『死罠人《デストラッパー》』が、こんな無様《ぶざま》にやられるなんて信じられないわ」

「ふん、罠を使うような卑怯なヤツなど、ワシの敵ではないわ！」

「おい、『死罠人《デストラッパー》』はヒロがやったのに、将軍が自分の手柄《てがら》にしようとしてるぞ」

「しっ、ケットさん、あまり余計なことは言わないで」

ダモン将軍の言動に少々呆れているケットさんに、そっと口止めをする。

ケットさんだけでなく、ヨシュアさんやムドマンさんまでちょっと不満を持っているようだ。

まあ確かに、頑固《がんこ》で意地っ張りな性格っぽいけどね。でもここで揉《も》められちゃうと困るので、みんなには我慢してもらおう。

「ダモン将軍、いったいどうやってあの牢から脱獄したの？　それに、あなた程度にやられる『死罠人《デストラッパー》』じゃないのに不思議だわ」

「何をっ！　このワシを見くびるとは、女とて容赦はせぬぞ！」

「望むところよ。どうぞお好きにかかってらして」

「ぬうっ、では手加減無用でいかせてもらう！」

女性の言葉を侮辱《ぶじょく》と取ったのか、プライドを刺激された将軍と配下の部将たちは、剣を抜いて彼女に斬りかかっていった。

本当は僕が戦いたかったんだけど、出しゃばりづらい雰囲気だったので、まずは将軍たちに任せることにした。

さすが一流というべきか、彼らは一気に女性との距離を詰めていく。それに対し、武器も防具も装備していない彼女はどんな戦いを見せるのか？

「フフフ、美味《おい》しそうな獲物がやってきたわね。さあわたしの巣にかかるがいい！」

そう彼女が言うと、その艶《つや》やかな黒髪が信じられないほど一気に増量しながら伸びて、通路を埋め尽くすが如《ごと》くこちらに迫ってきた。

まるで黒い津波のようだった。

そしてそれは生き物のように蠢《うごめ》いて、将軍たち五人の身体にびっしりと巻きつき、その動きを完全に封じた。

「ぬおおおおっ、なんだコレは⁉」

「か、髪の毛が身体中に巻きついて身動きがとれんっ！」

これは凄い……！　解析で、彼女のスキル『髪舞術』が髪を操る能力ということは分かっていたが、まさかここまで凄まじいものとは思わなかった。

建物内などの閉鎖された場所では、無類《むるい》の強さを発揮するだろう。

将軍たちはぐるぐる巻きにされて、まるで蜘蛛の糸にからめ捕られているようだった。

……そうか、彼女が『黒蜘蛛』か！　まさしく、蜘蛛の巣にかかった獲物のような状態になってしまった。

「くふっ、あなたたちをゆっくりくびり殺してあげるわ」

「ぎっ……がああああっ」

将軍たちが身体を締め上げられて苦鳴《くめい》を洩《も》らす。

まずい、みんなかなり苦しそうだ。早く助けないと！

火属性魔法を使えば簡単に髪を燃やせるかもしれないが、将軍たちまで被害を負ってしまう。

もしくは『呪王の死睨』を使えば即殺できるだろうけど、生きたまま捕まえたいのでこれは最終手段だ。それに、強すぎる能力を見せると、僕が『魔王ユーリ』だということに気付かれてしまうかもしれない。

スキルを強奪するという手もあるが、この能力もあまり表立って見せたくない。戦闘後にこっそり使いたいところだ。

とりあえず、彼女には接近せずに、さっきと同様手首のスナップで鉄球を飛ばす。

「な、なにっ⁉　て、鉄の玉を投げてきたの？　なかなか面白い攻撃だけど、こんなの喰らうわけないでしょ」

……残念ながら髪の毛で簡単に受け止められてしまった。さすがに無理だったか。

この『黒蜘蛛』は、『死罠人《デストラッパー》』とは素の戦闘力が段違いだからな。弓矢とかならいざ知らず、ただの鉄球を喰らう相手じゃない。

仕方ない、僕の力をもう少し披露《ひろう》するしかないか。

「雑魚《ざこ》だと思って放置してたけど、あなたも痛い目に遭いたいの？　言っておくけど、わたしの髪はそこまで伸びるわよ？」

「どうぞいくらでも伸ばしていいよ。でもその綺麗な髪の毛を斬られたくないなら、降参《こうさん》したほうがいいと思うけど？」

「不敵な男ね。ひょっとして『死罠人《デストラッパー》』のトラップを破ったのはあなたなのかしら？」

「どうかな？　さぁてそっちに行くけど、準備はいいかい？」

「生意気な……全身髪で巻いて手足を引きちぎってやるわ！」

そう言って彼女――『黒蜘蛛』は、僕に向かって一気に髪を伸ばしてきた。

今まで以上にとんでもない毛量だ。将軍たちとの戦いは全然本気じゃなかったってことか。

その一瞬で呑み込まれてしまいそうなほどの黒い津波を、僕は剣で片っ端から斬り裂いていく。

「なっ……なんですってえっ⁉」

「す、すげえぞヒロ！　これが『狂戦鬼』の真の力ってヤツか⁉」

後方からケットさんの驚きの声が聞こえてくる。

いや、『狂戦鬼』なんかないんですけどね……まあでも、僕の力をごまかすにはちょうどいい能力設定だったかも。

竜巻《たつまき》のような剣技によって、僕の手前でバラバラに切断《せつだん》されていく黒い髪。

そして押し寄せる髪を斬り落としながら、僕は『黒蜘蛛』へと近付いていく。

「な、なんなのコイツっ⁉　に、人間なの⁉　来るなっ……来ないでっ！」

僕の剣技に、『黒蜘蛛』は半狂乱《はんきょうらん》になりながら髪をしならせる。

しかし僕の疾走《しっそう》は止まらず、彼女の目の前まで近付くと、その腹部に『絶悶衝波』を打ち込んだ。

「ぐえええええっ」

恐怖に引きつりつつ、カエルのような声を出しながら『黒蜘蛛』は気絶した。

直後、通路を埋め尽くしていた黒髪は、潮《しお》が引くように彼女の頭部へと戻っていく。

無事戦闘が終わり、後方にいたアニスさんたちみんなが駆け寄ってきた。

「ヒロ、お前、この力……こ、このワタシがこんな気持ちになるのは初めてだ。お前は絶対に誰にも渡さぬぞ」

「わ、私も……先ほどまでとはもうヒロ様に対する想いは全然違います。必ず添い遂《と》げますわ」

ディオーネさんとアニスさんの視線が、なんかこう熱いというか、全力で前のめりになって僕を見つめてきてるんですが……？

何か悪化していく一方な気がする。まあ嫌われるよりはずっとマシかな…………

多分。

拘束《こうそく》が解けて自由になったダモン将軍たちも、僕のもとにやってきた。

「ふーっ、今のは不覚を取ったわけではないぞ。女相手に本気になるわけにはいかぬから、ワシらが囮《おとり》になってヤツの髪を封じる作戦にしたのだ。貴様はそのおかげで勝てたことを忘れるなよ」

「あ、はい、感謝いたします……」

ダモン将軍ってば、本当に負けず嫌いだなあ……凄くやりづらいです。

何はともあれ、気絶している『黒蜘蛛』からこっそり全スキルを強奪し、『死罠人《デストラッパー》』同様に縛り上げてこの場に放置する。

『絶悶衝波』で全身の神経がボロボロになっているし、まあ当分は動けないだろう。


「よし、では先に進むぞ」

将軍の号令で、また僕たちは移動を始める。

僕たちの行動はすでに敵にバレている上、『死罠人《デストラッパー》』と『黒蜘蛛』が撃破《げきは》されたと知れば、相手ももう手段を選ばずに攻撃してくるだろう。

今まで以上に警戒しないとな……

そう注意しながらしばらく走っていると、また僕の『領域支配』スキルが敵の殺気を捉《とら》える。

「皆さん止まって！　誰かいますよ」

僕の声で、先頭のダモン将軍たちも足を止めた。

「ヒロ、また殺し屋がいるのか？　ワタシは何も感じないが……」

「前方で待ち伏《ぶ》せているようです。気を付けてください」

「よく気付いたな。オレも少なからず修羅場《しゅらば》を潜《くぐ》り抜けてきたが、気配なんて全然分かんねえよ」

ディオーネさんやヨシュアさんが分からなくても無理はない。僕以外ではまず気付けないほど、相手は巧妙《こうみょう》に気配を抑えている。

さすが凄腕殺し屋といったところか。

いや『悪魔憑き』でパワーアップしているから、これほどの能力を出せるんだろうけど。

「……誰もおらぬぞ!?　貴様、いい加減なことを言うでない！　このワシが探知しても分からんのだから、ここには……」

「ほう……このオレ様の殺気に気付くとは、なるほど『黒蜘蛛』たちがやられただけのことはある」

通路奥の曲がり角から、野太い男の声が聞こえてきた。

直後、ゆっくりと現れたのは、身長二メートルくらいありそうな大男だった。

「ふん、き、貴様の殺気など丸分かりだったわ！」

ダモン将軍の豹変《ひょうへん》ぶりを見て、ヨシュアさんとケットさんがズッコケている。

なんか僕も将軍の性格が分かってきた気がする……

「これはこれは、ちとダモン将軍のことを侮っていたかもしれぬな。だが罠や髪程度の攻撃を破ったくらいでいい気になってもらっては困る。オレ様はヤツらとはレベルが違うことを教えてやろう」

そう言うと、男は両拳の先から五十センチほどの金属爪《メタルクロー》を出現させた。爪は小刀状になっていて、それが片手に三本ついている。

この武器から考えると、コイツは多分『呪爪』だろう。解析すると、『霞守《かすみもり》』というSランク称号を持っていた。

コレは毒や麻痺など、状態異常効果を含んだ霧《きり》を発生させることができる能力らしい。霧の種類も豊富みたいで、結構やっかいな敵かもな。

ただし、みんなに渡した装備には状態異常耐性がついているので、そう簡単には喰らわないと思うが。

そしてベースレベルは123。基礎ステータスも非常に高く、スキルも全体的に強化されていて、『刃術《じんじゅつ》』と『敏捷《びんしょう》』が融合した上位スキル——近接戦闘に非常に強い『滅鬼《めっき》』まで持っている。

『刃術』は小刀系の戦闘スキルなので、あの爪は小刀扱いなのだろう。防御系にも隙はないし、相当強いな。

「ヒロ、コイツもめっちゃ手強いぞ。オイラの『測定者《カウンター》』では戦闘力5040だ」

「5000超えか……もうオレも驚かなくなってきたぜ。ヒロなら絶対に勝ってくれるってな」

「はい、多分大丈夫です。では皆さんはここで待っ……」

と僕が行こうとすると、ダモン将軍がそれを遮《さえぎ》って前に出てきた。

「何をごちゃごちゃ言っておる。この男はワシらに任せるがいい。今度こそワシらの本気を見せてやるからそこで見ておれ！　行くぞお前たち！」

「はっ！」

「えっ⁉　あ、あの、ちょっ……」

「我道驀進《がどうばくしん》、荒れ狂え我が武者魂《むしゃだましい》っ！」

将軍は僕が止めるのを聞かず、称号『荒武者』の力を解放して部将たちと突撃してしまった。

なんていうか、将軍が暴れん坊すぎて制御できない。『荒武者』という称号の影響で、猪突猛進《ちょとつもうしん》になっているのかな？

将軍が捕らえられたのも、この無謀《むぼう》な行動力が原因な気がする……

「ククク、飛んで火に入《い》る夏の虫。ここがおぬしたちの墓場となる……呪え、

『怨霊の呪霧《グラッジミスト》』っ！」

殺し屋『呪爪』も称号の力を解放する。すると、通路いっぱいに白い霧が立ちこめ始めた。

「な、なんだコレは、毒霧か⁉」

「いえ将軍、毒や麻痺ではなさそうです。わたしにお任せください、『炎熱旋風《ファイアストーム》』っ！」

魔法を使える部将が、炎の威力で霧を吹き飛ばそうとする。

ところが炎は上手く燃え上がらず、重い霧に鎮《しず》められるように掻き消されてしまった。

「なんと⁉　この程度の霧を消せぬとは……⁉」

「くっ、霧のせいで視界が悪くなっていく」

「ぐぬう、何かおかしい。身体が重い……なんだこの感覚は⁉　何かが全身に絡みついているかのようだ！」

ダモン将軍たちが霧の中でもがいている。

解析してみると、この『怨霊の呪霧《グラッジミスト》』というのには『鈍重化《どんじゅうか》』の効果があるらしい。

相手にまとわりついて行動を阻害《そがい》するのだ。

毒などの状態異常は比較的レジストしやすいが、『鈍重化』は少し困難だったりする。

僕が渡した装備も、『鈍重化』は防御の対象外だし。

特にコレは称号の力を使ったモノなので、さすがの将軍たちもレジストできなかったようだ。

『視界不良《ブラインド》』効果もあるようで、この霧に包まれてしまったら、自分の能力を大きく下げられてしまうだろう。

低レベルな者ほど悪影響《ペナルティ》を受け、場合によってはまともに動けなくなるほど強力な技だが、将軍たちはかなり能力が高いため、十パーセントほどしか『鈍重化』の影響は受けていない。

しかし、上位者同士の戦闘では、この十パーセントが命取りとなる。

霧で視界が曇《くも》る中、『呪爪』の影がゆらりと動く。と思うが早いか、一気に間合いを詰めてダモン将軍へと斬りかかった。

ガギンッ！

その攻撃を、かろうじて将軍は剣で受け止める。

「ほほう、さすがダモン将軍。その状態でこのオレ様と渡り合えるとはな」

「ぐうっ、称号の力を解放したこのワシが、攻撃を防ぐので手いっぱいとは……」

『呪爪』の両爪の連続攻撃を、なんとか受け流していくダモン将軍。その防戦一方の姿を見て、部将たちが助太刀に入る。

しかし、五対一の戦闘でありながら、『呪爪』は将軍たちを圧倒していく。

巨体ながら、そのスピードも鋭さもピカイチの動きだった。そしてもちろんパワーもある。

この霧がなくても、単純にコイツは強い。

「スゲエなあの殺し屋、ダモン将軍は別格としても、部将たちだって戦闘力1000くらいあるんだぜ？　その五人を軽々と子供扱いするなんて、ひょっとしてヒロでもキツいか？」

ケットさんが心配そうに僕に話しかける。

将軍たちで倒せるならお任せしようと思ったんだけど、やっぱり無理か。

将軍の『荒武者』の能力も強力だし、霧さえなければ勝ててもおかしくないんだけど……ちょっと相手が悪かった。

僕が片付けよう。

「ワシら五人を相手にこんな戦いができるとは、こやつ世界最強か⁉」

「ダモン将軍よ、そろそろ遊びは終わりにしよう。オレ様の爪を喰らうがいい！」

「あ〜ちょっと待った、その前に僕と戦おう」

霧の中、てくてくと僕は『呪爪』に近付いていく。

「なんだおぬし、先に死にたいのか？」

「いやまあ、そういうわけじゃないんだけど、ここでモタモタしてると時間がもったいないんでね」

「なんだ、ただの阿呆《あほう》か。なら死ね！」

『呪爪』が僕に向けて爪を突き刺そうとした。

それを軽く左手で受け止めたあと、『呪爪』の腹に『絶悶衝波』を打ち込む。

「おっぼぶうううううううっっ‼」

口から唾液《だえき》を噴き出して、そのまま『呪爪』は気絶した。

呆気《あっけ》にとられている将軍と部将さんたち。もちろん、ちゃんとフォローをしておく。

「将軍たちがコイツの動きを止めてくれたおかげで、簡単に近付くことができましたよ。ありがとうございました」

「お、おう、なんだ貴様、分かっておるではないか。まあこれくらい容易《たやす》いことよ」

将軍の性格を掴んだので、プライドを傷つけないように顔を立ててあげる。

こうすれば、将軍も気分を害することはないだろう。

「ヒロ、お前ってヤツは……ちょっと凄すぎるんじゃねえか⁉」

「いえケットさん、たまたまラッキーだっただけですよ」

「ヒロ様ったら、そんなに謙遜《けんそん》されなくてもよろしいのに。ああ、それにしても、こんなに凄い方が私の夫になるなんて……」

「アニス様、まだヒロはあなたの夫と決まったわけではありませんよ。ワタシのこともお忘れなく。分かっているなヒロ、どちらを選ぶかきっちり決めてもらうぞ」

「は、はい、努力します……」

うう、どこまでもハマり続けていく僕……

とりあえず、気絶している『呪爪』から全スキルを強奪させてもらう。称号は強奪できないけど、まあ完全に戦闘不能状態だから問題ないだろう。

それにしても、殺し屋たちがまとめて襲ってくることも想定してたんだけど、この調子だと一人ずつ来るのかな？

一気にカタをつけられたら、あとが楽になるんだけどなあ……

複数で来ない理由として、殺し屋たちの技が特殊だから、互いの持ち味を殺し合っちゃう可能性があるんだろうな。

挟み撃ちだけは注意したいところだ。

「ダモン将軍、ひょっとしてあの男……我らより強いのでは？」

「う、うむ、確かに思ったよりもやりおるな。少し評価を改めるとしよう」

将軍たちが小声で何やら話している。怒ってる感じはしないので大丈夫かな。

僕たちは移動を再開し、砦の中心に向かって進んでいく。

順調に突破していく僕たちを敵も警戒しているのか、今までのように安易に襲ってくることはなかった。

準備を整えて待ち構えているのかもしれないな。

「この先にある部屋は、砦の中枢《ちゅうすう》へ行くために通る『中央警備室《セキュリティルーム》』だ。心臓部を守る最終防衛ラインだけに、間違いなく待ち伏せされておるぞ」

なるほどダモン将軍の言う通り、僕たちが到着した部屋の扉は、ほかとは一線を画した作りになっていた。

そして予想通り、中からは凄まじい殺気を感じる。ただ、いるのは恐らく一人だけ。

ここでも一人で襲ってくるということは、やはりそのほうが力を発揮できるのかもしれない。

「では入るぞ。皆、注意を怠《おこた》るな」

ダモン将軍が扉の取っ手に手をかけ、ガチャリと回す。カギはかかってなかったようだ。

敵もこの部屋で僕らを撃退する自信があるのだろう。

重い扉を押し開けながら、僕たちは慎重に中へと入る。

「待っていたよ。ようこそファーブラ使節団の皆さん、そしてダモン将軍閣下《かっか》」

中は五十メートル四方ほどで、天井も八メートルくらいあってかなり広い。

本来ならここで侵入者を騎士隊や魔道士隊が迎え撃つわけだが、部屋の奥で待ち受けていたのは、まだ二十代前半に見える一人の小柄な男だった。

コイツの能力はなんだ？　いったいどの殺し屋だ？

距離が少しあって、もうちょっと近付かないと解析ができない。

僕たちの接近を警戒してるようだし、どうやら距離を取って戦うタイプみたいだな。

「まさか『死罠人《デストラッパー》』の罠を抜け、『黒蜘蛛』と『呪爪』を倒してここまで来られるヤツがいるなんて、本当に信じられないよ」

「ワシらを甘く見ていたようだな。幽閉された借りを返させてもらうぞ」

穏やかな口調で話す男は、殺し屋というには拍子抜けしそうなほど普通の外見で、武器らしい物も持っていない。

しかし、間合いの取り方は絶妙《ぜつみょう》で、迂闊に近付けない気配を感じる。今まで以上に手強い印象だ。

「ヒロ、アイツの戦闘力は４８６０だ。『呪爪』より低いからヒロなら大丈夫だろう」

ケットさんの『測定者《カウンター》』は僕の『真理の天眼』よりも効果範囲が広いらしく、この距離でも相手の力を測定することができた。

ただ、戦闘力が高くなくとも、特殊能力は単純な数値じゃ測れない。油断は禁物だ。

「悪いが、こちらは五人でやらせてもらうぞ。負けるわけにはいかぬでの」

「いいよ、遠慮《えんりょ》しないでキミたちみんなでかかっておいで」

将軍の言葉から察するに、また僕たちには待機していろってことなんだろうか。

カイダ騎士としての矜持《プライド》は分かるけど、さすがにそろそろ仲間と認めてほしいところだ。

「貴様たち殺し屋の妙な能力に不覚を取っていたが、ワシらがまともに戦えば勝てぬ相手などいない。それを証明してやろう……いくぞお前たち！」

あ、ダモン将軍が不覚を取ったこと認めちゃった。

つい口から出ちゃったんだろうけど、ツッコまないようにしておこう。

将軍たちの突進に合わせて、僕も少し前に出ていく。相手の力を分析するためだ。

『真理の天眼』の有効範囲に入ったのでその能力を見てみると、ベースレベルは１２２で、そして持っているのは『魔器匠人《まきしょうじん》』というSSランク称号だった。

コレは魔道具を扱うスペシャリストってことらしいけど、どういう能力だ？

と警戒していると、前方奥の上方からバラバラと何かが落ちてきた。どうやら天井に潜ませていたらしい。

その物体は次から次へと大量に落下し、水面に波紋《はもん》が広がるように床全体に散らばっていく。

一瞬、ネズミやネコなどの小動物かと思ったけど違った。

床を素早く移動しているのは……三十センチほどの人形だった！

「な、なんだコイツらはっ⁉」

「これは……オモチャの人形⁉」

将軍たちも驚いている。どう見ても子供が持っているような人形が数百体、地を這《は》うようにこっちに向かって高速移動していた。

それぞれが小型の弓を持っていて、さながらオモチャの軍隊といったところだ。

「こんなガラクタでワシらと戦おうなどと……」

と将軍が気の緩《ゆる》みを見せたところ、人形たちは手に持つ弓で矢を射《う》ち放った。

矢は赤や青、金色など、様々な色に光りながら将軍たちに襲いかかる。

「ぐおっ、いたたっ！　ちょ、なんだこのとんでもない攻撃力は⁉」

「こ、こりゃたまらんっ、いったん引くぞっ！」

矢を受けた将軍たちは、頭部や胸部を守りながら必死に退避する。

どうやら矢には魔法がかかっていて、小型ながらも見た目以上に殺傷力《さっしょうりょく》があるようだ。

まともに喰らえば屈強な人間でも命が危ない。

「この技っ、アイツ多分『玩具屋』だ！」

後方に待機していたケットさんが、相手の正体に気付いて叫ぶ。なるほど、魔道具を扱うスペシャリストっていうのはこういうことか。

「ヒロ気を付けろ、『玩具屋』は普通じゃないぞ！　殺しの魔道具百種を自在に操るって噂で、殺し屋の中でも最も厄介なヤツと言われてるくらいだ」

続いて、ヨシュアさんが『玩具屋』の説明をしてくれる。

百種の殺し道具だって⁉　それは凄い、『玩具屋』と言われるだけはあるな。

この小さな兵士たちもかなり手強い存在だ。

「ボクの『オモチャの狙撃隊《ポケットシューター》』はどうだい？　このまま全員穴だらけにしてあげるよ」

「くっ、こ、これではとても戦えぬっ」

「こんなにあちこちから狙われたんじゃ、盾でも防ぎきれないぞ！」

「狙撃が激しすぎて、魔法を詠唱しているヒマもない」

数百本の魔法矢が宙を飛び交《か》い、将軍たちは手も足も出ないまま、ほうほうの体《てい》といった様相《ようそう》で僕の後方まで下がっていく。

こんなのが数百体もいたら、到底戦えないだろう……僕じゃなければね。

「キミは逃げなくていいのかい？　それとも、無敵の『オモチャの狙撃隊《ポケットシューター》』に怖じ気づいたのかな？」

「こんなオモチャが無敵だって？　チビッコ兵士なんて全然怖くないね」

「強がりはカッコ悪いよ。まあ今からキミを穴だらけにしてあげるけどね」

『オモチャの狙撃隊《ポケットシューター》』と呼ばれた人形は将軍たちを追うのをやめ、目標を僕に変えて襲ってきた。

そして四方八方からいっせいに僕に向けて矢が放たれる。

その避ける隙間《すきま》さえ存在しない集中砲火を、僕は軽々と躱して人形へ指弾を撃ち込んでいく。

「な……なんだって‼」

小さな兵士たちは少し離れた距離から矢を射ってくるので、これにいちいち近付いて攻撃するのは手間がかかる。ということで、『物質生成』スキルで小さな鉄球を瞬時に作り、親指で弾《はじ》いて強烈《きょうれつ》な飛び道具にした。

『死罠人《デストラッパー》』を鉄球で狙撃したのと同じ要領《ようりょう》だ。この指弾を超高速――秒速十発程度の勢いで撃ちまくり、チビ兵士たちを片っ端から破壊していく。

本気を出せばさらにたくさん撃てるけど、まあこんなもんでいいだろう。無詠唱魔法を使えばさらにあっさり倒せるけど、さすがに僕の正体を疑われそうだからやめた。

というわけで、あっという間に『オモチャの狙撃隊《ポケットシューター》』を全滅させたのだった。

「バカなっ⁉　こ、こんなこと、可能なのか⁉」

「だから言ったでしょ。チビ兵隊なんて全然怖くないって」

勝利を確信していた『玩具屋』の顔色が一気に変わった。

かなり動揺しているようだが、しかし、ヤツはまだまだ奥の手を隠している。百戦錬磨の殺し屋だけに、油断はできない。

「なんて滅茶苦茶《めちゃくちゃ》なヤツだ……なるほど、『呪爪』たちを倒しただけはある。キミを少しナメてたよ。いいだろう、キミの力に敬意を表して、ボクも全力を出させてもらうよ」

そう言いながら、『玩具屋』がアイテムボックスを出現させて何かを取り出す。

それは柄《え》のついた三十センチほどの輪《わ》っかで、そこに緑色の液体のような膜《まく》が張ってあった。

「コレはボクが作った傑作《けっさく》魔道具さ。どうやっても防ぐことはできないよ」

えっ、今作ったって言った？　ひょっとして殺し道具は全部自作なの？

『魔器匠人』ってアイテム製作の能力もあるのか。魔道具百種を持っているっていうのも本当かもしれない。

「ふーん自信があるみたいだな。どんなオモチャなのか楽しみだよ」

「その軽口《かるくち》がキミの遺言《ゆいごん》になる。喰らえっ、『溶かし尽くす災泡《アシッドバブル・カラミティ》』っ！」

僕の挑発に対し、怒りをあらわにしながら『玩具屋』が手に持つ輪っかを吹く。すると、輪から緑色の大きな泡《あわ》――直径三十センチほどのシャボン玉が次々と出て、無数に宙を舞った。

コレ……ただの泡じゃないな、かなり危険を感じる。

解析してみると、泡は強力な溶解《ようかい》成分で組成されていた。しかも、ただ漂っているんじゃなく、攻撃目標を自動追尾《ホーミング》している。

「な、なんだ、泡など恐れはしないぞ。こんなモノ全部潰してやるわ！」

「あっ、ダモン将軍待ってください！」

退避していた将軍たちが戻ってきて、ふわふわと接近してくる泡に向かって剣を振り下ろす。

するど、緑の泡は弾けて周りに飛沫《しぶき》を飛び散らした。

「ぬおおおっ、なんじゃこれはっ⁉」

将軍の剣や鎧に付着した液体が、悪臭と煙を上げながらその金属を簡単に溶かしていく。

下に落ちた液体も床を溶かし、ボコボコと小さな穴を作っていた。

僕が作った魔装備を溶かすなんて、かなり強力な溶解成分だ。これは迂闊に攻撃できないぞ。

「ならば、魔法で焼き尽くしてやる……『火炎焼却《ファイア》』っ！」

部将の一人が素早く詠唱し、泡に向けて火属性魔法を撃ち放つ。しかし、魔法を受けた泡は激しく破裂《はれつ》し、その溶解液を周囲に飛散《ひさん》させた。

「があぁっ、熱いっ、溶けるっ……！」

飛沫《ひまつ》を受けた部将のあちこちが焼け爛《ただ》れ、地を転がりながら慌てて後方へ退避する。

魔法でもダメか……指弾で破裂させても危険だな。生半可《なまはんか》な盾じゃ溶かされるし、なるほど防ぐのは難しいかも。

「ククク、どうすることもできないだろう？　逃げても無駄だ、『溶かし尽くす災泡《アシッドバブル・カラミティ》』はどこまでもキミたちを追い詰める」

前方を埋め尽くす泡の向こうから、『玩具屋』の勝ち誇った声が聞こえてくる。

ま、確かに面倒な技だけど、別に対応策がないわけじゃない。そもそもこんな泡程度、全部浴びても僕は無傷だけどね。

「逃げる必要なんてないよ。シャボン玉なんて怖くないからね」

「……キミは本当に生意気な男だ。まあいい、キミが溶かされる姿を楽しませてもらうよ」

「果たしてそうなるかな？　『塊塵吸球《スワロースフィア》』！」

僕は素早く詠唱して、『重力魔法』レベル1の『塊塵吸球《スワロースフィア》』を使った。それにより、直径十センチほどの黒球が手のひらに出現する。

コレは『異界無限黒洞《ブラックホール》』の下位バージョンともいえる魔法なんだけど、実はあまり吸い込む力がない。

せいぜい小型のモンスターを吸う程度で、強力な効果が揃う『重力魔法』の中ではかなりイマイチな部類だ。もちろん魔法攻撃なんかも、まるで吸引することなどできない。

しかし、この場においては、この魔法はまさに最適だった。プカプカ浮かぶ泡を吸引するのにちょうどよい威力なのだ。

僕は手に『塊塵吸球《スワロースフィア》』を持ちながら、溶解泡を壊さないように一つずつ吸い込んでいく。

スポスポと泡を取り込み、あっという間に全部片付けた。

「こ、こんなっ、お、おまえ……はあはあ、人間じゃない！」

血の気《け》を失った『玩具屋』の顔は、青を通り越して白くなっている。どうやらこれで打ち止めか？

それにしても、殺し屋たちは特殊なスキルを持っているな。普通の人では、なかなか対応できずに苦労するだろう。

決着をつけるため、僕は一気に『玩具屋』に近付こうとした。

そのとき、また『玩具屋』がアイテムボックスを出現させる。

「ボクの必殺道具がここまで通用しなかったのは初めてだよ。だがちょうど新しいオモチャを手に入れたところでね。このとっておきを使わせてもらうよ」

まだ奥の手があるというのか？

僕は警戒しながら、『玩具屋』の行動を注視する。

「お前のような恐ろしい怪物をボクは見たことがないが、こちらにも人間では絶対敵わない怪物がいるのさ。まさかこんなに早くコイツの出番があるとはね」

「ぬああああっ、な、なんでそれをお前があああああ⁉」

ムドマンさんの絶叫《ぜっきょう》が広い室内に響《ひび》き渡る。

落ち着きを取り戻しつつある『玩具屋』がアイテムボックスから取り出したのは……

なんと、ファーブラの国宝『ニケ』だった！

◇◇◇

「わ、我が輩の『ニケ』っ、おおおそんなところにいたのか⁉　さあ戻っておいで！」

「無駄だよ、この人形《ドール》はもうボクのモノさ」

「バカなっ、我が輩の魔力と波長調整《シンクロ》させてあったはずなのに⁉」

「ボクは『玩具屋』だよ？　人形《ドール》を自分のモノにするなんて朝飯前だよ」

「我が輩の……我が輩の『ニケ』があああぁぁ……」

ムドマンさんは、愛する妻を寝取られたような絶望的な表情をしている。実際、『ニケ』を他人に使われるのは初めてなんだろう。

それにしても、『玩具屋』も『ニケ』を動かせるのか⁉

『魔導人形《ゴーレム》』との波長調整《シンクロ》は一朝一夕《いっちょういっせき》でできるほど簡単ではない。ましてや国宝の『ニケ』だけに、安易に他人に使われないよう厳重な認証チェックと、ムドマンさん用に精密な調整がされていたはずだ。

それがこうも容易く操縦者《ゴーレムマスター》の座を奪われるとは！

魔道具のスペシャリストである『玩具屋』は、『ニケ』も魔道具の一種として自由に扱えるのだろう。

そして『玩具屋』の手にかかれば、魔道具の力は大幅にアップする。そう、『ニケ』の性能も……

「なんだこりゃっ⁉　『ニケ』の戦闘力が凄いことになってるぞ⁉　13000だ！」

ケットさんが『ニケ』の能力を測定して驚く。

「13000⁉　我が輩が操るときは6500じゃなかったか？　そんなに強くなるわけ……」

「オイラの『測定者《カウンター》』に間違いはない。戦闘力13000なんてとんでもない強さだ、シャルフ国王だって7500くらいだったんだから！」

シャルフ王の戦闘力が7500……でもあの人は、周りにいる味方兵士の数で強さが変わる人だからなあ。

ちょっと基準にはならないんだよね。

「ケットさん、シャルフ陛下のことはどこで測定しましたか？」

「あん？　そりゃフリーデンの祭りでチラリと見かけたときに測ったんだが、それがどうかしたのか？」

祭り？　それだと周りに多少の兵士はいただろうけど、全然フルの強さではないな。

その状況で戦闘力7500なら、最大時は10000以上はあるんじゃないかなあ。

まあ『測定者《カウンター》』の数値についてはよく分からないけど。

「オイラの『測定者《カウンター》』は、数値が二倍なら強さは単純に二倍ってことじゃなく、数倍の強さになっている。あの『ニケ』がそんなに強くなってるんじゃ、人間じゃ到底勝てないレベルだぞ！」

護衛のために連れてきたファーブラの国宝が、まさか敵として現れることになるとは……

ムドマンさんの無念さは察するに余りあるものだ。

「ボクにこれほどの恥《はじ》を掻かせたんだ、楽には殺してあげないよ。この『ニケ』で、手足を一本ずつもぎ取ってやる！」

『玩具屋』がそう言うと、『ニケ』がギシリと音を立てて動いた。

直後、ダモン将軍が吹き飛ばされ、壁に激突する。

「がはあっ！」

「しょ、将軍……げごっ」

「がっ……！」

慌てて駆け寄ろうとした部将たちも、瞬く間に蹴散らされた。

もちろん、全て『ニケ』の仕業だ。

「なっ……ワタシの目でもまるで動きが見えぬ‼」

「こりゃ、逃げることもできねえっ」

「オ、オイラどうすりゃいいんだ、あんなの喰らったら死んじまうっ！」

『ニケ』のあまりの強さに、ディオーネさん、ヨシュアさん、ケットさんが動揺している。

みんなを狙われたらまずい、僕に注意を向けさせないと！

「ククク、ボクが操る『ニケ』は地上最強だ。何が起こったか分からないまま、地獄に送ってあげるよ」

「僕にオモチャを壊されたクセに、まだイキがっているのかい？　情けない殺し屋だ」

「……キミはメインディッシュに取っておこうと思っていたけど、気が変わったよ。まずキミから殺してあげよう」

『玩具屋』の言葉が終わると同時に、『ニケ』が音に勝るような速さで飛び出した。

常人ではまず視認《しにん》できないだろうが、僕には少し先の行動が見える『超越者の目《デウスプレディクト》』と、現象がゆっくりに見える『思考加速《スロービジョン》』がある。

よって、この程度の動きを捉えるのは難しいことではない。

「よいしょっと」

僕は超高速で打ち出された『ニケ』のパンチを左手で受け止め、右手で『闘鬼』スキルの必殺技『波動撃掌《はどうげきしょう》』をその腹部に喰らわせる。

コレは手の平で起こした振動波を相手の体内に打ち込む技で、生物なら全身に衝撃波が行き渡り、一時的に行動不能になる。

『絶悶衝波』と似てるけど、あっちはダメージが大きいのに対し、『波動撃掌』は相手を動けなくさせるのだけが目的だ。

コレを喰らった『ニケ』は、体内の魔導回路《かいろ》が振動波でエラーを起こし、機能不全となって動きを止めた。リーナスのゴーレム『ミリムちゃん』を倒したのと同じような理屈である。

この程度のダメージなら、『ニケ』の修理《しゅうり》は簡単なはずだ。『ニケ』をあまり損傷させてはムドマンさんが悲しむだろうし、『波動撃掌』があってよかったよ。

「なっ……ウソだろっ⁉　このボクが本気で操る『ニケ』ぐえええええええっ」

驚愕の表情を浮かべていた『玩具屋』に、超速行動ができる『迅雷』で瞬時に接近し、腹部に『絶悶衝波』を打ち込んだ。

巧《たく》みに間合いを取っていた『玩具屋』だったが、『ニケ』がやられてさすがに動揺したね。

無事倒せてよかった。

「……え？　な、何が起こった？　オイラにゃあサッパリ？」

「あの怪物となった『ニケ』を素手で一撃だと⁉　とても信じられねえ……」

唖然としているケットさん、ヨシュアさんをよそに、ムドマンさんは立ったまま停止している『ニケ』に近付いて、そのボディを触《さわ》って状態を確かめる。

「大きなダメージはないようじゃが……もしかして、我が輩の『ニケ』は無事なのか⁉」

「はい、内部エラーを起こしているだけで、全身の回路は無事なはずです。ムドマンさんが修理をすれば直ると思いますよ」

「おおおありがとうヒロよ、こんなに嬉しいことはない！」

動かなくなった『ニケ』を、ムドマンさんは大事そうにアイテムボックスへと収納した。

その後、部将たちや将軍の怪我を治療し、気絶している『玩具屋』を縛り上げて称号以外の全スキルを強奪する。

殺しの魔道具も解析してみたが、これらは製作者である『玩具屋』にしか扱えないようだった。

「ヒロよ、オイラにゃあもう驚く言葉が見つからないぜ。あの『玩具屋』を、こうも一方的に圧倒できるヤツがいるなんて」

「ああ、世界最強ってのは本当だったんだな」

「ヒロ様のこのお力……ヒロ様に出会えたことを神に感謝いたします。私の心は全てヒロ様に奪われてしまいました」

「ヒロ、お前のことは絶対に手放さぬぞ。ワタシの夫はもはやお前以外に考えられぬ」

アニスさんとディオーネさんが、僕の服の裾《すそ》をつまみながら熱く話す。

ますますプレッシャーが重くなるけど、今は深く考えるのはやめて、砦の奪還だけを最優先……ああっ、これって本当に正解なのか？

この状態で僕はどうしたらいいのか、なんかもうメジェールたちの怒りの顔がちらついて、我ながら自然と思考を放棄《ほうき》しているような感じです。

僕たちが集まって話していると、ダモン将軍たちが神妙《しんみょう》な面持《おもも》ちでやってきた。

なんだろう、今までとはちょっと雰囲気が違うな……

僕が戸惑《とまど》っていると、将軍がおもむろに口を開いた。

「ヒロ殿、ワシらはとんでもない勘違いをしておったようだ。貴殿《きでん》は真の英雄だ。どうか今までの無礼《ぶれい》を許してほしい」

将軍たちが僕に向かって頭を下げる。

よかった、ようやく僕のことを認めてくれたようだった。

これでもう暴走されることはないだろう。

「僕は何も気にしてませんよ。これからもよろしくお願いいたします」

「すまぬ、ヒロ殿の助力感謝する。以降はワシらのことを自由に使ってくれ」

「では力を合わせてともに戦いましょう」

僕とダモン将軍は固く手を握り合った。

「残すは司令室だが、相手は『ニケ』まで使ってきた以上、さすがにこれ以上の強敵はいないだろう」

「そうだといいんですが……」

将軍の言う通り、この最終防衛地点で『ニケ』を出した以上、相手にはもう打つ手がなさそうだけど……

みんなはヴァクラースや『黙示録の四騎士《ナイツ・オブ・アポカリプス》』の強さを知らないからな。ヤツらは『玩具屋』が操っていた『ニケ』よりも遥かに強い。

もしこのあとに『ニケ』以上の強敵が待ち受けているとしたらヤツらだろう。


「では皆の心臓部、司令室へ向かうとしよう」

ダモン将軍に案内され、僕たちは『中央警備室《セキュリティルーム》』を出る。

そのまま通路を進んでいき、曲がり角を二つ越えたところで司令室へと到着した。

この扉もロックされていなかった。しかし、この部屋は…………

「皆さん、入る前にひとこと言わせてください。ここが最終決戦です。だから、何が起こっても気をしっかり持って、冷静に対処してください」

扉を開ける前に、僕は全員の顔を見回しながら強い覚悟を促す。

「ご安心ください、私は大丈夫です。ヒロ様のお力を信じております」

「ああ、ワタシも覚悟はできている。ヒロは自分のことに集中してくれ」

「ヒロ殿任せになってしまうが、皆のことはワシが守る故、強敵がおっても思う存分戦ってくれ」

ダモン将軍の言葉にみんなが頷く。

この敵とはかなり危険な戦いになる。みんなには詳細を話せないが、僕が決着をつけるまでなんとか持ちこたえてほしい。

みんなの決意を確認してから、僕はガチャリと扉を開ける。

中に入り、そこにいた男を見た瞬間、僕の全身が凍りついた。

二メートルを超える巨体に赤黒い鎧を着け、巨大なグレートソードを背負った最強最悪の戦士……

「ヴァ……ヴァクラースっ⁉」

そう、宿敵ヴァクラースと、その配下の『黙示録の四騎士《ナイツ・オブ・アポカリプス》』三人が、本当に待ち受けていたのだった！

5. 悪夢の戦い

「ヴァ……ヴァクラースっ⁉」

扉を開けた三十メートル四方ほどの部屋の中心に、その赤黒い鎧を着た戦場の死神が立っていた。

仇敵《きゅうてき》の姿を見つけ、思わずヒロ……ユーリが絶叫する。

それはユーリがエーアストを出てから、一年三ヶ月ぶりの邂逅《かいこう》であった。

ヴァクラースは以前よりも一回り以上体が大きくなり、身長は二メートル十センチほどにもなっていた。これはもちろん、魔王復活が迫るにつれ、その影響で悪魔たちの力が増大した結果である。

「ほほう、この俺のことを知っていたか。目障《めざわ》りな小虫だが、そこは褒めてやろう」

部屋の天井はおよそ十メートル。その高さ五メートルほどの地点に、周囲の壁に沿って二階部分のような通路が設置されていた。

この通路部分に狙撃隊などが配備され、上から侵入者を狙撃するようになっている。

ただし、この場においてはその存在はいなかった。

部屋の中で待ち受けていたのは四人。

『死なずの騎士』ヴァクラースと、その配下『黙示録の四騎士《ナイツ・オブ・アポカリプス》』のうち、フリーデンにて打ち倒された『赤牙騎士《ブラッドナイト》』を除く三人だ。

深藍《しんらん》に鈍く光る鎧を着けているのは『蒼妖騎士《ケイオスナイト》』。

身長はヴァクラースと同程度だが、かなり肉付きのよいずんぐりした体型で、規格外の体格だった『赤牙騎士《ブラッドナイト》』には及ばないが、魔王軍では二番目に大きな戦士だ。

吸い込まれるような漆黒《しっこく》の鎧を着けているのは『黒滅騎士《ダークナイト》』。

身長は二メートルほどで、四人の中では唯一盾を装備している。

白銀に輝く鎧を着けているのは『白幻騎士《ファントムナイト》』。

この四人の中では一番小柄な体格ではあるが、それでも百九十センチほどの身長があり、人外としての威厳《いげん》を充分見せていた。

「ヴァクラース……近頃まったく噂を聞かないと思っていたら、エーアスト軍にいたのか！　お前のような傭兵《ようへい》が何故!?」

上位冒険者であるヨシュアは傭兵事情などにも詳しい。よって、世界最強とも言われるヴァクラースのことも当然知っている。

ヴァクラースは、魔王復活が囁《ささや》かれる頃にはすでに極秘《ごくひ》でエーアストに入国していた。

以前ユーリがヴァクラースと対峙したときにその姿を見せているが、周りにいたのは魔王軍に洗脳された者ばかりだったし、そもそも傭兵に詳しい者というのはそれほど多くはない。そのため、正体が知れ渡ることはなかった。

カイダ国への侵略においては、怪しげな傭兵が活躍しては他国に不審がられる恐れがあったので、ヴァクラースたちはエーアストで待機していた。

フリーデン侵攻時のみ、手強いシャルフ王に対抗するため、赤牙騎士《ブラッドナイト》が出陣したが、ユーリに倒されて跡形《あとかた》もなく消滅してしまったので、その存在は明かされなかった。

よって、エーアスト軍の暴走に関して、今初めてこの邪悪な傭兵たちの存在が明るみに出たのだった。

「黙れ木っ端《こっぱ》が！　気安く俺の名を呼ぶでない。本来なら俺が出るまでもないのだが、ここまで来た褒美《ほうび》に、この俺自らが相手してやろう」

ヴァクラースはヨシュアを一喝《いっかつ》したあと、背中の大剣を抜き、ズイと前に出る。

それに追従《ついじゅう》するように、三騎士も武器を抜いて構えた。

「な、なんだコイツら!?　オイラの『測定者《カウンター》』で全然強さが計測できないぞ!?　こんなことは初めてだ！」

「そうか……エーアスト軍の裏には、お前たち最悪の傭兵がおったのか！　何か変だとは思っておったが、あの神徒たちを操っていた黒幕はお前か!?」

ダモンは、カイダ国を襲った神徒たちの統率《とうそつ》について違和感を抱《いだ》いていたが、それは真の指揮官であるこの傭兵たちが不在だったからだ。

ここに来て理由が判明して、そういうことかと腑に落ちる。

「こんな傭兵たちが裏にいたなんて……やはり今回のことは、全て『魔王ユーリ』が仕組んでいたようですね。あのエーアストがおかしくなった原因がこれで証明されました」

ヴァクラースたちの存在を知り、アニスはエーアストの正体が魔王軍であることを確信する。

『魔王ユーリ』についてまだ誤解しているのは仕方のないところだが。

「ヤツが戦場の死神……『死なずの騎士』ヴァクラースか。天下無双《てんかむそう》のその力は、シャルフ様にも匹敵するというが……」

「シャルフ？　ヤツとこの俺が対等だと思っているのか？　ヤツなど眼中《がんちゅう》にない。俺が世界最強の男だ」

ディオーネの言葉にヴァクラースが反応する。

少し前のディオーネならヴァクラースにそう言われて心を乱されているところだが、今はシャルフを超える存在がディオーネを支えていた。

「それはどうかな？　最強を語るには少し早いぞ。ここにいるヒロは『魔王ユーリ』にも対抗しうる逸材《いつざい》だ。それを今から知ることになる」

ディオーネに言われ、ヒロが一歩前に出る。

ヴァクラースはヒロの正体がユーリであることを知らない。

「『魔王ユーリ』に対抗だと？　それが許せぬのだ！」

ユーリの名を聞いてヴァクラースと、そして後ろに並ぶ配下の三騎士も怒りを表す。

魔王の名を騙《かた》るニセ者《ユーリ》に憤慨《ふんがい》したわけだが、それを知らぬアニスたちは、魔界の王が人間《ヒロ》如《ごと》きと比べられたことに激怒したと思っている。

「ヒロと言ったか？　バラバラにしてやるからかかってこい」

巨大なグレートソードを片手で持ちながら、剣先をヒロのほうに突きつける。

ヒロたち十一人VSヴァクラースたち四人の戦闘ではあるが、誰が言わずとも、ヒロとヴァクラースの一騎打ちとなった。

お互いが信じる最強の男たちで、この戦いの勝敗を決めるつもりだ。

『死なずの騎士』ヴァクラースはこれまでにない強敵だが、ヒロの力を間近《まぢか》で見てきたアニスたちは、勝つことを信じて疑わない。

もしヒロが負けるようなら、それは人類の敗北なのだ。それくらいの気持ちで、ヒロとヴァクラースの対戦を見守る。

「では行くぞ、ヴァクラース！」

対峙した十メートルほどの距離からヒロが電光《らいこう》の如《ごと》く接近し、必殺の間合いで激しい斬《ざん》撃戦《げきせん》が始まった。

二人とも超至近距離で剣を振り合うも、互いに全て紙一重《かみひとえ》で躱していく。

「こ……これは……これがヒロの真の力⁉　剣先がまるで見えぬ！」

「しかし、あのヴァクラースもヒロの攻撃を避けてるぜ。今までヒロの動きについていけるヤツなんていなかったのに！」

「なんと壮絶《そうぜつ》な斬り合いだ！　ヒロ殿の本気の攻撃を全ていなすとは、あの男もケタ外れに強い！」

ディオーネ、ヨシュア、ダモンが、その人間を超えた別次元の攻防に驚愕する。

互いが攻撃を避け、必殺の距離で斬り合う中、最初に剣を当てたのは…………

ガッシュッ！

「あぐっ……！」

「そんなっ!?　ヒロ様っ!?」

不死身の男ヴァクラースだった！


「ぐううっ！」

ヴァクラースの攻撃を喰らったヒロが、部屋の壁際《かべぎわ》まで飛ばされる。

間一髪、斬られる寸前に剣で太刀筋《たちすじ》を逸《そ》らしたので、ヒロにはほぼダメージはない。装備の革部分が少し斬られただけだ。

やられ方が派手《はで》に見えたのは、衝撃を緩和《かんわ》するため自ら飛んだからである。

が、ひたすら無敵だったヒロのピンチを初めて目撃し、アニスたちは動揺した。

「バカなっ、あの神技的回避力を持つヒロが攻撃を喰らうなんて!?　窮地になると驚異的な力を発揮するという、ヒロの『狂戦鬼』でもダメなのか!?」

ヨシュアが絶望の声を上げたが、『狂戦鬼』はヒロが苦し紛《まぎ》れについたウソのスキルだ。

もっともヒロの所持スキルは、『狂戦鬼』などという架空のスキルより遥かに強いモノばかりだが。

「ぬうっ、さすがヴァクラース、手強い……！」

「アレが、シャルフ様に並び立つと言われた男の強さ……」

ダモンとディオーネは、ヒロとヴァクラース両者の力を険しい視線で分析する。

ヒロの劣勢……信じたくはないが、その結論は動かない。

自分たちも加勢したいところだが、そうなればヴァクラースの部下――後ろに控《ひか》えているあの三騎士たちも参戦してくるだろう。

その場合、状況がより悪化するのは火を見るより明らかだ。ここは黙って一騎打ちを見守るしか手はない。

「ヴァクラースっ、お前を倒してエーアストを取り戻す！」

「ククク、その程度の力でこの俺に勝とうなどとは笑止千万《しょうしせんばん》」

また互いが距離を詰め、至近距離にて剣技をぶつけ合う。

アニスたちが息を呑んで見つめる中、両者の紙一重の攻防が続き、そして均衡《きんこう》を破る一撃がついに決まる。

ズバシュッ！

「があうっ」

ヒロの左肩上から右脇腹に向かって、袈裟《けさ》がけにヴァクラースの剣が振り下ろされた。

紛《まご》うことなきクリーンヒットだ。鎧の上から凄まじい衝撃がヒロの身体を通過する。

身を裂くダメージにヒロの動きが止まった刹那、その一瞬の隙を逃さずヴァクラースの剣が空を薙ぐ。


そして、ヒロの首が宙を飛んだ…………


「ヒ……ヒロ……様!?」

「そ……んな……ヒロが……?」

アニスとディオーネがくずおれる中、ヒロの首が地面を転がるのをヨシュアたちが呆然と見つめる。

ヒロの無敵伝説の終焉《しゅうえん》だった。

「うそだ……ヒロほどの男がこんなに簡単に負けるのか？　……はは、エーアストが魔王軍ってのは間違いなかったな」

そうつぶやきながら、ヨシュアが自虐的《じぎゃくてき》に笑った。ダモンは地に転がったヒロの首を、唇《くちびる》を噛《か》みしめながら見つめている。

ディオーネは目を見開いたまま微動《びどう》だにせず、ケットやムドマンは口から出す言葉を失っていた。

アニスに至っては、今にも失ってしまいそうな意識を、気力だけでギリギリ繋ぎ止めているような状態だ。

「さて、なかなか面白い余興《よきょう》ではあった。次はお前たちを皆殺しにする。覚悟はできているか？」

ヴァクラースがアニスたちに剣を向けると同時に、配下の三騎士も戦闘態勢に入る。

「皆の者、ヒロ殿が負けてつらいのは分かるが、すぐにここを離脱《りだつ》する。ヒロ殿から渡された『転移水晶』を使うから集まってくれ」

ダモンとアニスは、念のためヒロから『転移水晶』を預かっていた。

万が一のとき、脱出するためだ。

ヒロがやられ、勝ち目が完全になくなったので、ダモンはそれを使おうとする。

「ダモン将軍……ワタシに構わず水晶を使ってください。ワタシはここに残ります。ヒロの仇は取れずとも、奴らに一矢報《いっしむく》いる。今のワタシにはそれしか考えられない」

「よせディオーネ、無駄死にするだけだ！　ヒロ殿が相手にならなかった以上、ワシらではどうすることもできぬ」

「分かっています。でも……ヒロを置いてここから離れることはできません」

「そんなことをしてもヒロ殿が悲しむだけだ、ヒロ殿のためにも、ワシらは……」

「将軍、私もここに残ります」

「アニス殿まで⁉　こうなったら無理矢理……」

「オイラも残る」

「オレもだ」

「我が輩もじゃ」

アニスたち全員が、ここを離れず残ると言う。それは死ぬと同じ意味の言葉だった。

むしろ、アニスたちは死にたいのかもしれない。

「なんと、皆同じ気持ちだというのか⁉　犬死にするだけだぞ、それは意味のあることなのか？」

「どうなのかな。ま、しかし、最強と信じた男のそばで朽ち果てるのも悪くないかなと」

「オイラはそこまで深くは考えてないな。ヒロ一人にしたら寂しそうだなって思っただけだ」

「我が輩もよく分からん。ヒロはいいヤツだったから、そばにいてやりたいだけじゃ」

「……ふう、仕方のない面々だ。では死なばもろともといくか。ヒロ殿は怒るだろうが、皆で骨を埋《うず》めることにしよう」

ダモンも覚悟を決める。配下の部将たちも、それに殉《じゅん》ずるようだ。

元々ヒロに救われた命だ。こうなったら大暴れして、少しでもヴァクラースたちにダメージを与える決意をする。

ディオーネも、命を賭《と》して一人でも多く道連れにするつもりだ。

ケットやアニスたちは、ヒロからもらったアイテムで支援役を担うことにする。

「ヴァクラースよ、ワシらを簡単に殺れると思うでないぞ！　必ず一太刀、いや刺し違えてでもお前を倒す！」

アニスたちの絶望的な戦いが始まった。

◇◇◇

「喰らえっ、『大貫通破《グレート・ペネトレーション》』っ！」

ディオーネが称号の力を解放し、超必殺技を黒滅騎士《ダークナイト》に向けて放つ。しかし、黒滅騎士《ダークナイト》はその技を軽々と躱す。

同じように、ヨシュアの多彩《たさい》な攻撃も黒滅騎士《ダークナイト》は簡単に避けていく。

ダモンの鋭い剣技を白幻騎士《ファントムナイト》は難《なん》なく退け、部将たち四人がかりの攻撃も蒼妖騎士《ケイオスナイト》には通じない。

アニスも『妖精騎士団《フェアリーナイツ》』や神聖魔法で支援するが、あまりに実力差があるため焼け石に水といったところだ。

ダモン将軍VS白幻騎士《ファントムナイト》、ディオーネ&ヨシュアVS黒滅騎士《ダークナイト》、カイダ軍部将四人VS

蒼妖騎士《ケイオスナイト》という組み合わせだが、戦況は圧倒的に『黙示録の四騎士《ナイツ・オブ・アポカリプス》』たちが押していた。

ヒロの弔《とむら》い合戦ではあるが、アニスたちは勝てるとは思っていない。ヒロの無念のため、ヴァクラースにただ一太刀浴びせてやりたいだけだ。

だがしかし、そのヴァクラースは後ろへと下がり、配下の三騎士が相手をしている。

ヴァクラースが出るまでもないということだが、そもそも配下の騎士一人にすら、アニスたちには勝ち目がないのだ。

自分の不甲斐《ふがい》なさに唇を噛みしめながら、ディオーネは槍を振るっている。

自分はファーブラ最強の騎士であり、自分より強い者はそうはいない。シャルフ王以外には簡単には負けない。

今までそう思ってきたが、実際には殺し屋一人にすら勝てない脆弱な力だった。

ヒロの強さを知らずに、見下《みくだ》してしまった自分も恥じた。

それら全てを心から反省する。だから、どうかこいつらに勝つ力を、一瞬だけでいいから授けてほしい。

神にそう祈るディオーネ。しかし、その願いは届かない。

ダモンやヨシュアも、同じようにただ一太刀喰らわせるためだけに剣を振るうが、虚《むな》しく空を斬るだけだ。

「ぐ……なんとも奇妙《きみょう》な感覚だ。まるで逃げる死霊《ゴースト》を追いかけるような気分だ」

「オレもだ。手玉に取られているのは分かるが、何か掴みどころがないというか、不思議な違和感を覚える」

ヴァクラースの部下——三人の騎士たちは、その巨大な体躯に似合わず、ゆらりゆらりと攻撃を躱しながら必殺の一撃を繰り出す。

それをまたギリギリでヨシュアたちも防ぐのだが、これはもちろん敵が本気ではないからだ。自分たちが適当に遊ばれていることを理解している。

「があああっ！」

「ヨシュアっ!?」

黒滅騎士《ダークナイト》の重厚《じゅうこう》な一撃を喰らい、ヨシュアが壁際に吹っ飛ばされる。

本来ならガードごと斬り捨てられてもおかしくないのだが、ヨシュアは咄嗟《とっさ》に斬られた方向に飛んだので、衝撃を受けた以外は特に怪我を負ったところはない。

「くっそー、バカにしやがって！　いつまで手を抜くつもりだ!?」

「落ち着けヨシュア、敵が本気でないなら我らにもチャンスはある。じっと好機を待つのだ」

「分かってるってディオーネ、オレをナメたことを絶対後悔《こうかい》させてやるぜ！」

その後も一進一退《いっしんいったい》の攻防が続くが、実力差から一瞬たりとも気が抜けないディオーネたちは疲労が激しい。すでに限界を超えつつあった。

そして三騎士の攻撃がついにディオーネたちに牙を剥《む》く。

突然速さを増した攻撃に、ディオーネ、ヨシュア、そしてダモンたちは即座についていけず、各々《おのおの》が身体に激しい斬撃を喰らってしまう。

「あぐううっ！」

地に伏す前衛の七人。それを見て慌てて駆け寄る後衛《こうえい》のアニス、ケット、ムドマンをディオーネが制止した。

「来るなっ！　……アニス様、来てはいけません。やはりアニス様たちは戻られるべきです」

「今さら何を言うのですディオーネ。死ぬときは一緒ですよ」

「……ふう、そうでした。アニス様は見掛けによらず意固地《いこじ》で、言うことを聞いてくれないお方でしたね」

「その言葉、そのままあなたにお返ししますよ」

アニスはディオーネの横にしゃがみ、その手を取る。

「はあ、ヒロの仇《かたき》を取ってやるつもりだったが、やはりちと荷が重かったな。まあここまでやったんだから悔《く》いはない。オレには上出来だ」

倒れていたヨシュアが上半身を起こし、満足したようにため息をついた。

「まったく、この期に及んでも逃げようとしないなんて、困ったメンバーだぜ。オイラもだけどよ」

「がはは、『ニケ』と共に果てるなら本望じゃ」

ヒロの遺体《いたい》のそばに全員が集まり、身を寄せ合って最後の時を分かち合う。

「ようやく観念《かんねん》したか、ではトドメは俺が刺してやろう」

後ろでずっと見物していたヴァクラースが、剣を抜きながらゆっくりと歩み寄る。

全員まとめて斬り殺されるまで、あと十秒もないだろう。

「最後にヒロ殿という英雄と出会えたことを、冥土《めいど》の土産《みやげ》としようではないか」

ダモンが最期《さいご》の言葉を告《つ》げたとき、まさかの奇跡《きせき》がその場に起こる。

「ダモン将軍、冥土に行くのはまだ早いですよ」

地に倒れていた首のないヒロが、言葉を発したのだった。

6. 幻術と現実

「なっ、今の声は……ヒロ!?」

「ヒロ様!?　まさか、そんなわけ……」

「僕ですよ。ちゃんと生きてます。皆さん心配をおかけしてスミマセンでした」

僕は瞬時に立ち上がり、アニスさんたちを斬り殺そうとしたヴァクラースへと突進する。

いや、コイツはヴァクラースじゃない。

そう、最初から僕は全て知っていた。この部屋全部が幻術だということを！

「貴様っ、首を刎《は》ねられた衝撃で気絶していたのではないのか⁉」

「残念だったなニセヴァクラース、僕はずっと起きていたよ。幻術にも気付いてた。転がったまま、お前がこうして近付いてくるチャンスを待っていたのさ」

敵は慌てて距離を取ろうとするが、元々コイツは戦闘向きの力は持っていない。

とてつもない幻術能力――そう、今までの戦闘は、僕が以前経験値が足りなくて取得できなかったSSランクスキル『幻影真術《げんえいしんじゅつ》』を敵が使っていただけだ。

その力以外は平凡なので、超スピード『迅雷』で動く僕に、なす術なく打ち倒される。

「ごぶうっ……こ、この強さ、まさかヴァクラース様よりも……ぐふっ」

『闘鬼』スキルの『絶悶衝波』を撃ち込み、男が完全に気絶したその瞬間、全ての幻術が霧散した。

「こ……これは⁉」

「なんだここは？　ワシの知っている司令室ではないぞ⁉」

「そうですダモン将軍。そもそもここは司令室ではありません、全てこの男の作り出した幻だったのです」

司令室に相応しい豪華な作りだった室内がただの広い一室へと変わり、ダモン将軍が驚きの声を上げる。

そしてヴァクラースの姿をしていたヤツも、ふわりとした茶髪の男へと変化した。

「ヒロ様……ヒロ様の首が元に戻ってます！　私は……夢を見ているの⁉」

「ヒロ、お前……フフッ、そうだ、お前が死ぬわけはないのだ。ワタシとしたことが、ヒロの力を疑うとは……やはりお前こそ真の救世主だ」

アニスさんとディオーネさんが、目尻《めじり》の涙を指で拭《ふ》きながら僕に近付いてくる。

思いもよらない展開に、何が起こったのか混乱していたみたいだけど、ようやくこの状況を理解できたようだ。

「バカなっ、今までのが全て幻術だと⁉　このワシが、そんなモノを見破れぬはずが……」

「いえ、この男が使っていたのはただの幻術ではありません。幻術系最上位スキル『幻影真術』というモノです。将軍が気付かなくても不思議はありませんよ」

「『幻影真術』っ⁉」

「そうです。『幻影真術』は視覚だけじゃなく、五感全てに影響を与える恐ろしいスキルです。並大抵のことでは見破るのは難しいでしょう」

「そ……そんな高度な幻術があったとは……！　ではあの攻撃全てが幻術……」

幻術が消えた状態となっても、ダモン将軍は未だ信じられないといった様子だ。

ほかのみんなも、目の前の現実を確かめるかのように自分の感覚をチェックしている。

「ヒ、ヒロ、お前そんな凄い幻術を見破ったのか⁉」

「たまたま気付いたんですよ。敵を油断させるために、皆さんには内緒にしてスミマセンでした」

ケットさんが驚くのも無理はない。僕もこれほど凄いとは思ってなかった。

最強の『幻影真術』とはいえ、通常ではここまでスキルの力は引き出せないだろうけど、『悪魔憑き』によって大きく能力の上がった殺し屋には可能だったようだ。

この凄まじい幻術を使う殺し屋の正体は……アイツかな？　合っているか聞いてみよう。

「ひょっとして、コイツの正体は『夢魔主《ナイトメア》』という殺し屋じゃないですかね？」

「この男が『夢魔主《ナイトメア》』？　……ああそうかもしれねえ。悪夢のように殺されるって話だったが、それは幻術のことだったのか！」

ヨシュアさんもその正体に思い当たったようだ。

残りの殺し屋から考えても、恐らく『夢魔主《ナイトメア》』で間違いないだろう。

「いやしかし、凄いと言ってもしょせん『幻術』だろ⁉　いくらなんでも、こんなに現実感《リアリティ》が出せるものなのか？　今までにも幻術は喰らったことあるが、どれもちょっとした幻《まぼろし》程度のモノで、すぐに見破ることができたぞ」

「うむ、その通りだ。第一、ワシは確かに『白幻騎士《ファントムナイト》』と斬り合った手応《てごた》えがあったぞ！　激しく斬られた衝撃もあった。アレが幻術なわけ……ぬおおっ、斬られたはずの傷がない⁉」

「だから五感全部……視覚だけでなく、触覚《しょっかく》や聴覚《ちょうかく》、嗅覚《きゅうかく》、味覚まで錯覚させることができるんです。もはや現実と変わりませんよ」

『幻影真術』を解析して驚いたけど、コレはまさに現実に勝る幻覚で、受けた攻撃で幻痛《げんつう》まで感じるほどだった。

喰らい続ければ恐怖で精神崩壊《ほうかい》することや、ショック死する可能性すら充分にある。

僕の場合は幻のヴァクラースに首を斬られたが、僕じゃなければ、本当に自分の首を斬り落とされたと錯覚しただろう。

それを逆手《さかて》にとって、僕は気絶したフリをしたわけだが。

ヴァクラースと僕は実力伯仲《はくちゅう》の戦いを見せただけに、『夢魔主《ナイトメア》』も自分の技にかなり手応えを感じていたはずだ。

まさか、幻術がまるで効いてないとは、思ってもいなかっただろう。

幻術の攻撃では、物理攻撃を全て躱す『蜃気楼の騎士《ミラージュナイト》』も反応しないから、苦戦する姿を演出するのはそれほど難しくなかったしね。

ちなみに、『幻術』は状態異常ではなく錯覚の一種なので、僕がみんなに渡した『聖魂の護符《クリスタルハート》』でも無効にすることはできない。『看破《かんぱ》』系のスキルで見破らないといけないのだ。

例えるなら、手品を見破る感覚に近いかもしれない。

とはいえ、通常の『幻術』はどうしても違和感が大きく、上位の力を持つ人ならまず騙されることはないので、あまり有効とは言えないスキルだ。

それだけ、『幻影真術』が飛び抜けて強力ということである。SSランクスキルだし。

なお、僕は『真理の天眼』があるので、たとえ『幻影真術』でも騙されることはない。『天眼』を持つメジェールにも、『幻影真術』は通用しないだろう。

しかし、ここにいるみんなは別だ。

今回のことは、通路を移動しているときから気付いていた。ダモン将軍が案内してくれている道中、この部屋に誘い込むためにすでに幻術を仕掛けられていたからだ。

司令室へ繋がる本当の通路はさらに奥にあったのだが、それは幻術の壁に隠され、ダモン将軍はその手前の通路で曲がってしまったのである。

それを見て、やっかいな敵がいることは確信していた。

ただ、部屋に入ったとき、ヴァクラースの幻が出てきたのにはさすがに驚いたけどね。

みんなに幻術のことを教えようか迷ったんだけど、敵を確実に仕留めるために、こっちが幻術に気付いていることを敵に知られたくなかった。

こんな危険な敵は、万が一にも逃がすわけにはいかない。

それに、みんなに教えることによって、より混乱する可能性もあった。

もしも幻術と現実を混同してしまうと、かえって危険な状態になる。中途半端《ちゅうとはんぱ》に気付くよりは、完全に騙された状態のほうが僕にとってはやりやすいと判断した。

ということで、みんなには申し訳ないが、幻術については内緒にすることにしたのだ。

一応部屋に入る前に、何が起こっても気をしっかり持つように忠告はしたんだけど。まあでも、アレほどの幻術を見せられては、混乱しても仕方がない。

ただし、いくら凄い現実感《リアリティ》があっても、ちょっとしたことから見破られてしまうのが幻術だ。

一度疑念《ぎねん》を持たれると、たとえ五感を錯覚させようとも騙し通すのは難しい。それを一番理解している『夢魔主《ナイトメア》』は、細心の注意を払って幻術を仕掛けていた。

仲間と複数で襲ってこなかったのも、幻術と気付かれないための策だろう。幻の騎士と仲間の身体が重なったりすると、幻術だとバレる可能性があるからね。

凄いスキルとはいえ、『幻影真術』はほんのわずかな綻《ほころ》びから崩れる繊細《せんさい》な術であり、術者も簡単ではないのだ。

作戦としては、あえて敵の術にハマり油断させておいてから、隙を突いて早々に本体を仕留める予定だったんだけど、残念ながらその本体が見当たらなかった。

最初に部屋にいたヴァクラースたち四人は、全部幻だったからだ。

そう、僕と戦ったヴァクラースは『夢魔主《ナイトメア》』が化けたモノではなく、完全な幻術だった。

『夢魔主《ナイトメア》』自身は身を隠し、安全圏から幻術で僕らを襲ってきたのである。

ヤツの気配は二階にあたる場所——壁際高さ五メートルほどの地点にある通路部分から感じていた。

そこまでは分かっていたんだけど、正確な位置は掴めなかったので、じっと相手の出方を窺うことにした。

安易に仕掛けて逃げられたら大変だ。絶対にここで仕留めなければならない。

かなり用心深いヤツだが、倒すチャンスは必ずあると思ってたよ。たとえ五感全てを錯覚させる『幻影真術』であろうとも、幻術には一つだけ、どうしても拭《ぬぐ》いきれない弱点があるからね。

それは、幻術で相手を殺すのは難しいということだ。

『幻影真術』という強力な幻術では、あまりの恐怖や強い幻痛で精神崩壊やショック死することもあるだろうが、上位ランクの者だとさすがにそこまでの状態になることはない。

ではトドメをどうするかというと、幻術使いの常套《じょうとう》手段として、相手を幻術で散々疲弊《ひへい》させたのち、最後に術者本人が幻に紛れて直接手を下しに来るのだ。

方法は色々とあるだろうが、とにかく幻術という虚の中に、本物の刃を潜めておくのである。

『夢魔王《ナイトメア》』もきっとその手を使ってくる。僕はその瞬間を狙うことにした。

ヴァクラースの幻と戦った僕は、首を刎ねられた衝撃で気絶したと思わせた。

その後、残ったみんなが幻術に疲弊するのを、『夢魔主《ナイトメア》』は息を潜めて待っていたはず。どこか掴みどころのない三騎士たちに、みんなも違和感を覚えていたようだけど、結局幻だと気付くことはなかった。

だがそれがよかった。

そして想定通り、みんなに最後のトドメを刺すため、『夢魔主《ナイトメア》』は隠れ場所――二階の通路から降りて近寄ってきた。

つまり、最初に僕と戦ったヴァクラースは幻だが、最後に近付いてきたのは、幻術でヴァクラースに化けた『夢魔主《ナイトメア》』である。

『夢魔主《ナイトメア》』は、通路に隠れたまま遠距離攻撃するという手もあっただろうが、ここまで綿密《めんみつ》に仕掛けておきながら、最後の詰めで失敗するわけにはいかない。

凄腕の殺し屋だけに、万全を期《き》して確実にトドメを刺しに来ると思ってたよ。

みんなを殺そうとしてヤツが僕の間合いに入った瞬間、無事仕留めたということだ。

直接的な殺人能力があるわけではないが、使い方によっては何よりも恐ろしいスキルなので、ここで倒せて本当によかった。

「それにしても、なんつー恐ろしいヤツなんだ。ヒロがいなかったら、たとえ『ニケ』を使っても『夢魔主《ナイトメア》』には勝てなかったと思うぜ」

「ヨシュアの言う通りだ。そっか、『幻術』だったから、オイラの『測定者《カウンター》』でも戦闘力が計測できなかったんだな。ちなみにコイツの戦闘力は530で、幻術以外は並みのSランクってところだな」

『夢魔王《ナイトメア》』は、ほとんどの経験値を『幻影真術』に使っていただろうからね。

その『幻影真術』を含め、全スキルを強奪する。これでもうデクの坊だな。

「ヒロ様……ご無事で本当によかった……」

アニスさんが僕の正面に立ち、これが幻術ではないことを確かめるかのように、僕の胸に顔をうずめた。

ディオーネさんもすぐそばでアニスさんの様子を窺っている。

「ヒロよ……ワタシに宣言した通り、お前は本当に無敵だった。お前こそ、ワタシが探し求めていた男だ。が、ここはアニス様に譲《ゆず》ろう。お前が無事でいてくれただけで今は充分だ」

そう言うと、ディオーネさんは向こうへ去って僕らを二人だけにしてくれた。

「ヒロ様、あなたがいれば『魔王ユーリ』にも勝てると思いましたが、でもヒロ様を失う怖さを知ってしまいました。できれば、このあとエーアストへは行ってほしくありません」

アニスさんが顔を上げ、僕を見つめながら言葉を続ける。

「でも、あなたはエーアストへ行くのでしょう。この度のことで、シャルフ陛下がヒロ様をご推薦なさいましたが、あなたは最初から全てを知っていた。ヒロ様の目的はエーアスト……魔王軍の討伐だったのですね」

「……そうです。僕の使命は、魔王軍からエーアストを奪還することです」

「そのエーアストへの道のりには、今度は幻ではなく、本物のあの騎士たちが待ち受けている。ヒロ様といえど、油断のならない相手でしょう。ヒロ様には私の力は必要ないでしょうが、それでも最後までお供します」

アニスさんはうつむき、また僕の胸へ顔をうずめる。

その閉じた目から一粒の涙がこぼれ落ち、ほほを伝っていった。

魔王軍が動きだした以上、僕も前に進むしかない。そのために力を溜め続けたのだから。

「さあ、今度こそ司令室に行きましょう」

僕らは最後の部屋へと向かった。

7. 凶悪大蛇神現る

ダモン将軍の案内で、僕たちは最後の目的地へと到着する。

「今度こそ間違いなく司令室だ。作りはさっきの部屋と同じと思ってよいぞ」

ということは、中は三十メートル四方ほどで天井が十メートルってところか。それくらいの広さがあれば充分な力は出せるだろう。

あれ、ちょっと待て⁉　この異様な気配は…………………！

「……では入りましょうか」

僕が先頭になって扉を開ける。

中の様子を見たとたん、後ろからケットさんの叫び声が上がった。

「なっ、なんだありゃあっ⁉　で、でっかいヘビが、いや、超でっかい半蛇人《ナーガ》がいるぞっ⁉」

ケットさんが言う通り、司令室内には巨大な半蛇人《ナーガ》が佇《たたず》んでいたのだった。

僕が感じたのはコイツの気配か！

ざっと見た体長は四十メートルほど。上半身だけ見れば、巨大な人間の身体に蛇の頭がついたような姿だが、その腰から下は全て蛇だ。

全身は鋼《はがね》のような黒い鱗《うろこ》で覆われ、直径三メートルにもなる長大な胴は所狭しと室内に横たわっていた。

通常の半蛇人《ナーガ》は大きくてもせいぜい体長二十メートルくらいなので、コイツがいかに規格外なのかが分かる。

そしてその横には人間が二人。

「ようこそ司令室へ。まったく、殺し屋たちに任せておけば問題ないって『闇紳士《ジェントルマン》』が言うから、オレは安心して寝てたんだぜ？」

そう面倒くさそうに言ったのは、僕の元クラスメイト――『魔獣馴致』のスキルを持つフクルースだ。睡眠中だったところを起こされて少々不機嫌らしい。

「これは申し訳ありませんフクルースさん、わたくしとしてもこんな事態は初めてなのです」

それに答えた男は砦長のマッセだが、今の会話から察するに、コイツが『闇紳士《ジェントルマン》』ということか。

最初に会ったときは砦長らしい仕事着を着ていたが、今は礼服姿をしている。上品な紳《しん》士《し》といった格好だけど、これが『闇紳士《ジェントルマン》』と呼ばれる所以《ゆえん》なんだろう。

この巨大半蛇人《ナーガ》は、フクルースの『魔獣馴致』で操ってるようだが……

「ど、どうしてこのような場所にこれほどのモンスターが⁉　人間が使役《テイム》できるとは到底思えませんのに⁉」

「……信じられませんが、使役《テイム》したということなのでしょう」

アニスさんの疑問にディオーネさんが答える。

「それにしたって、こんなでっかい半蛇人《ナーガ》なんて聞いたことも……いやまさか⁉」

「ああ、間違いない！　オレも初めて見たが、コイツは……『厄災の大蛇神《エンシエントナーガ》』だ！」

ケットさんとヨシュアさんが、この巨大半蛇人《ナーガ》の正体に気付く。

『厄災の大蛇神《エンシエントナーガ》』……僕も噂だけなら聞いたことがある。解析してみると、まさしく本物だった。

「コイツがあの『厄災の大蛇神《エンシエントナーガ》』なのか！　ぐぬうっ、これほどの化け物がこんな所にいようとは……このワシの魂が恐怖に震えておる」

ダモン将軍が『厄災の大蛇神《エンシエントナーガ》』の重圧に身を凍らせる。

将軍が恐れているように、コイツの強さはケタ外れだ。部将たちも、あまりの恐怖に言葉が出せないでいる。

『山の邪神』とも呼ばれる『厄災の大蛇神《エンシエントナーガ》』は、ドラゴンを遥かに超える強靱《きょうじん》な肉体に加え、魔法攻撃に対する強力な防御結界も持っている。

硬質《こうしつ》な爪や長大な尻尾《しっぽ》から繰り出される攻撃は凄まじく、『嘆《なげ》きの咆哮《ほうこう》』という様々な状態異常を与えてくる特殊技や、一部の巨人族しか使えない『古代魔法』まで使ってくる強敵だ。

さらには、近寄るだけで能力を下げられてしまう『生命力収奪《エナジードレイン》』や、睨まれると石化する『石化視線《ゴルゴンアイ》』、猛毒《もうどく》の牙なども持っていて、うっかり出会おうものなら全滅を免《まぬか》れないだろう。

まさにドラゴンなんてまるで問題にならないほどの怪物で、こんなヤツをよく司令室《ここ》まで連れてきたもんだ。

確かに通路はそれなりに広いし、身体の大きさに比べて胴は細いから、なんとか砦内を移動することは可能だろうけど……

「くそっ、次から次へと化け物を出しやがって……！　『厄災の大蛇神《エンシェントナーガ》』なんていったいどこで見つけてきたんだ⁉　もう何十年も目撃情報なんてなかったのに⁉」

「コ、コイツ戦闘力３５０００だぞ！　『玩具屋』が操る『ニケ』よりも、さらに圧倒的に強いっ！」

「なんじゃと⁉　そんなヤツ、人間が倒せるのか⁉」

ヨシュアさん、ケットさん、ムドマンさんが驚くのも当然だ。何せ、『厄災の大蛇神《エンシェントナーガ》』を討伐したなんて話はほとんど聞いたことがない。

もしコイツが発見された場合、近隣の住人は速《すみ》やかに避難するしか手はない。

幸い『厄災の大蛇神《エンシェントナーガ》』は山から降りることは希なので、無闇に刺激さえしなければ、そのうち餌を求めて次の地に移動する。

いやしかし、なんかこれおかしいぞ。

いくら『魔王の芽《デモンシード》』で強くなったとはいえ、フクルースの『魔獣馴致』はAランクスキルだ。とてもじゃないけど、こんな怪物は使役《テイム》できないだろう。

Sランクの『魔獣統率』でも恐らく不可能で、『厄災の大蛇神《エンシェントナーガ》』を使役《テイム》しようと思ったら、使役《テイム》系最上位スキル——SSランクの『魔獣支配』が必要なはず。

しかも、スキルをかなり育てなければ成功しないだろう。どうにも違和感がある。

「そろそろ戦闘を始めてもよろしいでしょうか？　このわたくしが皆様を地獄へとご案内いたしましょう。では皆様、戦場《ここ》は『武器所持禁止《フォーマルスタイル》』でお願いいたします」

『闇紳士《ジェントルマン》』が慇懃《いんぎん》無礼《ぶれい》な言葉を吐くと、ヨシュアさんとディオーネさん、そしてダモン将軍と部将たちが、突然手に持っていた武器を地面に落とした。

それを見て、僕も手に持っていた『竜牙の剣《ドラゴンソード》』を落とす。

「ぬうっ、このワシとしたことが剣を落としてしまうとは……な、なんだ、どういうことだ⁉」

「あれっ、剣が持ち上がらねえっ！　なんかおかしいぞ、何が起こってるんだ⁉」

「槍が……ワタシの槍が持てぬ⁉　重い……何故こんなに重いのだ⁉」

みんなは落とした武器を必死に拾おうとするが、何故か手で持ち上げることができないでいる。

実はこの現象は、『闇紳士《ジェントルマン》』が持つSランク称号『装備規定人《ドレスコード》』の能力によって、この部屋では武器の使用が禁止状態になっていたからだった。

『装備規定人《ドレスコード》』という称号は、戦いにおける装備を指定できる能力だ。この制限は敵味方関係なく全員に影響するらしく、『闇紳士《ジェントルマン》』本人も武器は使えなくなっている。

ただし、『闇紳士《ジェントルマン》』は『闇魔法』がレベル10なのでまったく問題はないが。

これは武器で戦う者にとっては致命的《ちめいてき》な状況だ。能力の効果が敵味方の区別なく作用してしまうのが不便ではあるが、使いようによってはとんでもない力を発揮するだろう。

だが僕にはこの『装備規定人《ドレスコード》』の力は効かない。『神盾の守護《イージスフィールド》』によって、あらゆる負の効果が九十九パーセントカットされてしまうからだ。

さっきの『竜牙の剣《ドラゴンソード》』は、術にかかったフリをしてわざと落としたのだった。

「お分かりいただけましたか？　この部屋ではもう皆さんは武器を使うことができないのです。防御結界《シールド》に守られている『厄災の大蛇神《エンシェントナーガ》』を魔法だけで倒すのは難しいでしょうねえ」

『闇紳士《ジェントルマン》』がまた慇懃無礼な口調でこの現象を説明する。

「武器が使えないですって⁉　そんなっ、ではどうすれば……？」

「なんということだ！　いくらヒロといえど、武器もなしにあの怪物に勝てるわけが……」

アニスさんとディオーネさんが、今度こそといった感じで絶望の表情を見せる。

確かに、今までのように簡単に勝てる相手じゃない。何より、下手に手加減するとみんなが危険だ。

……仕方ない、少し本気を出して戦うとするか。僕たちの信頼関係もだいぶ厚くなってきたし、少しくらい力を見せても大丈夫だろう。

「皆さん、ちょっと本気出してもいいですか？」

いきなり力を見せて驚かれると困るので、先に宣言しておく。

「ちょ……ちょっと本気をですって⁉　ヒ、ヒロ様、まさか今までの戦いは少しも本気じゃなかったと？」

「え？　ああその、そんなことないんですけど、あの『厄災の大蛇神《エンシェントナーガ》』相手にはあまり手加減できないなと……」

「手加減だと⁉　ヒロよ、お前手加減してあの強さなのか⁉」

「いや、そういうわけじゃ、ちょ、えーとですね……」

なんか言い方がまずかったらしく、僕の発言にアニスさんとディオーネさんが衝撃を受けている。

「ヒロの本気の戦闘……いったいどんな戦いをするのか、しかと見せてもらうぜ」

「ああ、絶体絶命の大ピンチだけど、こんなにワクワクするのはオイラ初めてだ」

「うむ、ヒロならあの怪物に勝てる！」

ヨシュアさん、ケットさん、ムドマンさんまで、期待に胸を膨《ふく》らませている感じだ。

なんだか想定外の展開になってきたけど、とりあえず僕のことを怪しむような感じはないから大丈夫だろう。

「何をごちゃごちゃ言ってるんだ。オレは無理矢理起こされて眠いんだ、さっさとお前たちを片付けさせてもらうぜ。さあ『厄災の大蛇神《エンシェントナーガ》』、奴らを皆殺しにしろ」

やれやれといった感じで、フクルースが『厄災の大蛇神《エンシェントナーガ》』をけしかける。

それを合図に、黒い巨体がズルリと動き出した。

コイツ相手にモタモタしていたらみんなが危険だ。『厄災の大蛇神《エンシェントナーガ》』の場合生かして捕らえる必要もないので、さっさと倒そう。

僕は『呪王の死睨』を発動する。

『厄災の大蛇神《エンシェントナーガ》』は即死した。

「……………………え？　終わり？　ヒロが勝ったの!?」

今何が起こったのか分からないようで、ケットさんがキョトンとしている。

同じように、ほかのみんなもポカンと口を開いて呆然状態だ。

フクルースがけしかけた『厄災の大蛇神《エンシェントナーガ》』が、グイと身体を持ち上げて何かをしようとした瞬間、『呪王の死睨』を受けてそのまま崩れ落ちた。

もちろん、もう二度と動くことはない。

「……ど、どうしたエンナ？　なんで動かないんだ？　おいエンナ、おいってば！」

エンナ……？　って『厄災の大蛇神《エンシェントナーガ》』のこと？

え、名前つけてたの？　『エンシェントナーガ』から取ってエンナだろうけど。

ひょっとしてメスだったのかな？　だとしたら、即殺しちゃってちょっと申し訳ない気持ちが……いや、そんなことないか。危険モンスターだしな。

「エンナあああああああああああああ～っ！」

フクルースが悲しみに泣き叫びながら崩れ落ちた。

まあでもフクルースの気持ちは分かるよ。使役《テイム》したモンスターって、結構情が移るんだよね。

「どういうこと？　いったい何が起こったのです⁉　あの怪物はヒロ様が倒したんですよね？」

アニスさんが、改めてこの状況を整理しようとする。

「お……おいヒロよ、オレにはとても信じられないが、お前が本気出すと相手はその場で死んじまうのか？」

ヨシュアさんも、さすがに今見たことを信じられないようで、僕の顔色を窺うように恐る恐る聞いてきた。

「あのう……まあそんな感じです。実は僕、蛇系のモンスターとは相性《あいしょう》がよくて、強めに威圧すると相手が死んじゃうんですよ」

『呪王の死睨』については話せないので、我ながら苦しい言い訳をする。

でも、そういう特異体質を持った人も、中にはいる可能性も……ないかな？

「そんなわけないだろっ！　あ、あの怪物『厄災の大蛇神《エンシエントナーガ》』すら瞬殺《しゅんさつ》するなんて、ヒロは神様か何かの化身《けしん》じゃないのか⁉　強すぎるとかそういうことじゃない、お前の存在が普通じゃないぞ⁉」

……だめか。さすがに無理がありすぎて、ケットさんにツッコまれてしまった。

まずい、見ただけで相手を殺せるなんてバレたら、魔王認定されかねないぞ。

なんて言い訳しよう……うーん、すぐには思いつかない。

やはり『呪王の死睨』を使うべきじゃなかったか？　いや、油断してると、何をしてくるか分からない怪物だったからなあ。

みんなの安全を考えたら……って、ん？　僕の言葉を待っているアニスさんの目が、なんだかキラキラと歓喜に満ちている気が……？

「ヒロ様が……神様の化身？　そう……そうなのね！　だから私の前に現れてくれたのですね！」

「ええっ？　いや、僕は神様の化身なんかじゃ……」

アニスさんは、ケットさんの言った『神様の化身』って言葉に反応しているようだった。

魔王認定じゃなくてそっちか！　それはそれで困ったぞ。

「では神様のお使いの方ですか？　どちらにしても、日々感謝の祈りを欠かさなかった私のもとへ、天界から降りてきてくださったということですよね⁉」

「ワタシも納得いったぞ。なるほど、無敵なわけだ。そもそもシャルフ様より強い人間などいるはずがなかったのだ。ヒロは神の使いだったのか！」

「神様が御力を貸してくださるなら、もう魔王軍なんて怖くありませんわ！」

え、え〜〜〜〜〜っ⁉

言い訳に困っていたら、勘違いがどんどん進んでいく！　どうすればいいんだコレ⁉

待てよ、神の使いということにしたら、結婚のことはなしになるかな？

ちょっとずるいけど、それで言い逃れができるようなら……

「私、神族の妻になれるのですね！　まるで夢のようです！」

え？　お……ええっ⁉　アニスさん、その都合のよいプラス思考はなんですか⁉

「そうか、ワタシも神の一族に嫁入りとなるのか。そんなこと考えたこともなかったな」

んがあっ、ディ、ディオーネさんまで⁉

展開が早すぎて、どうしたらいいのか思考が全然追いつかない！

「神族なら一夫多妻でも問題ありませんわね」

「そうですねアニス様。神話にも複数の妻がいましたし、婚姻《こんいん》の問題が無事一件落着しましたね」

なんかスゴイ勝手に話が進んでいくーっ⁉

ちなみに僕、前に神様に会いましたけど、多分そんなに奥さんもらってないと思いますよ？

まあ神話って結構適当らしいからね。今度神様に会う機会があったら真相を聞いてみよう。

って、そんなこと考えてる場合じゃなかった！　状況が悪化してる⁉

「そっかーヒロは神様の使いだったか。魔王から世界を救うためにわざわざ来てくれたんだな」

「なるほど。だからあんな魔装備持ってたり、ケタ外れに強いわけか」

「ち、違いますって！　ケットさんヨシュアさん、僕は本当にただの人間ですよ！」

「ふむ、これほどの能力を持ってて、さすがにただの人間ってことはないじゃろ。神様のお使いなら、我が輩の『ニケ』を人間にしてくれんかの？」

あ〜もうみんな好き勝手なこと言いだしちゃって、まるで収拾がつかない〜っ！

おっと、『厄災の大蛇神《エンシェントナーガ》』を失ったショックから正気に戻ったフクルースと『闇紳士《ジェントルマン》』が、ゴタついている僕たちを尻目《しりめ》にこっそり逃げようとしてるぞ。

もちろん逃がすわけはない。

「あごおっ」

「おぐうううっ」

瞬時に近付き、二人とも『絶悶衝波』で気絶させた。

混乱状態は続いてるけど、魔王と思われるよりはマシと思うことにしよう。

◇◇◇

「おはようございますヒロ様、昨夜は素敵でしたわ」

「ああ、本当に凄かったぞヒロ」

アニスさんとディオーネさんが少しほほを赤らめながら、起床《きしょう》の挨拶をしてきた。

メジェールやフィーリアに聞かれようものなら殺されそうな発言だけど、アニスさんたちが言ってるのは、昨夜行われた一連の戦闘のことである。

殺し屋たちとの戦闘が終わったのは深夜だった。

その後一通り事後処理をしたので、眠りに就いたのは明け方になってしまった。

僕の変装を手伝ってくれているアピも、昨日は凄く頑張ってくれたから、終わったあとはご褒美にご飯をたくさん食べさせてあげた。

アピはスライムなので、変身状態さえ固定すれば、ずっとそのままでも特に疲れることはないみたいだけどね。

そして先ほど起きて、今食堂にて遅い朝食をとっているところである。朝食というか、もう昼だけど。

「おっ、ヒロたちはもう食ってたか。いやあ寝すぎちまったぜ」

「オイラたちもいただくとするか」

「我が輩はまだ疲れが抜けずに身体がガタガタじゃわい。年は取りたくないのう」

遅ればせながらケットさんたちも起きてきて食事にありつく。

あのあとさすがにみんな疲労困憊《こんぱい》だったので、『完全回復薬《エリクシール》』で体力回復でもしてもらおうかと思ったんだけど、そんなもったいないことなんかできないと断られて普通に寝た。

まあ疲れすぎで熟睡《じゅくすい》しちゃったから、僕も含めてみんな寝すぎちゃったみたいだけどね。

ダモン将軍だけは早起きしたらしく、すでに食事は済ませて砦内の見回りをしているようだ。

カイダ軍をまとめる人だけに、こんなときでも気は抜かない。昨夜の戦闘でちょっと失態を見せてたけど、その面目躍如《めんもくやくじょ》といった感じかな。

洗脳が解けた兵士たちも、少し混乱はあったものの、今はみんな正常な思考で活動している。

ここにいるのはエーアスト軍の兵士なので、何かエーアストの情報が聞けないかと思ったけど、残念ながら洗脳中の記憶はないようだった。

ちなみに、殺し屋たちとサマンサ、フクルースは、この砦の牢獄に全員入れてある。フクルースからは『魔獣馴致』もコピー済みだ。

そして昨夜のことは、すでに『魔導通信機』でシャルフ王にも知らせてある。ミユナーゼ様も救出したし、これでなんらかの動きがあるはず。

本当は僕も一度フリーデンに戻りたいところではあるけど、この砦が完全に安全となったわけじゃないので、安易に空《あ》けるわけにはいかなくて……

みんなには、一度フリーデンに行ってはどうかと提案したんだけど、誰も砦から離れようとはしなかった。

仮にフリーデンへ行っても、『転移水晶』でまたすぐこっちに戻ってこられるんだけどね。でも皆さんこのまま砦にいたいらしい。

特にアニスさんとディオーネさんは、もうやたらと上機嫌で僕にベッタリだ。すっかり新婚気分って感じで、今も食事を終えて少し砦内を歩こうとしたら、二人が僕の両側に寄り添ってきた。

僕のことを神の一族と勘違いしてからずっとこの状態なのである。

「うふふふ、ヒロ様、子供は何人作りましょうか」

「アニス様、ワタシは最低三人は欲しいと思ってますが」

「あら、じゃあ私もそれくらいは……家族が九人もいれば、きっと賑《にぎ》やかでしょうね」

もはや重婚問題は解消したとばかりのご機嫌さだ。家族九人というのは、僕とアニスさんディオーネさん、そして子供六人ということなんだろうな。

こんなところメジェールやフィーリアに見られたらと思うと、気が気じゃない。どうすればこの状況を打開できるのかも思いつかないし、我ながらホント先が思いやられる。

僕が人間だということは、アニスさんとディオーネさん以外のみんなは一応信じてくれた。だが、二人は僕が本物の神族だと思い込んでるフシがある。

一夫一妻を頑《かたく》なに守るはずのファーブラの女性――アニスさんとディオーネさんが、教えに反してまで重婚しようとしてるのは、僕が神の一族だとまだ思ってるってことだもんね。

あれほど人間だって力説したのにぃ……まあ魔王と思われるよりは絶対マシだとは思うけど。

信仰のあつい女性にとって、神の使いは本当に特別なんだろうな。

そういえばフィーリアも、神の子を宿すのが夢って言ってたしな……おっと、昔の悪夢を思い出しちゃった。あのときリノが来てくれなかったらと思うと、今でもゾッとする。

女性問題には充分注意しよう。

「おおヒロ殿、ここにおったか。今一通り砦内を回ってみたが、もう怪しいヤツはいないようだ」

「ダモン将軍、調べてくれてたんですね。ありがとうございます」

アニスさんたちと歩いていたら、ダモン将軍と遭遇した。

僕も怪しい気配がないか探ってたところなんだけど、特に問題はなさそうだった。

ダモン将軍も調べてくれたし、もう隠れているヤツはいないと思っていいだろう。

あとは、捕らえた殺し屋たちから何か情報を聞き出して、それから王都へと向かいたいところだ。

ま、簡単には口を割らないだろうけどね。でも、尋問《じんもん》みたいなのは苦手なんだよなあ。

ウソついてるかどうかは解析で分かるので、ニセ情報に騙されるということはないけど。

ほかにも少し気になることがあったので、カイダ王都には慌てて向かわず、しばらく砦で様子を見ることにした。

◇◇◇

そんなこんなで、特に進展もないまま二日ほどゆっくりしていると、昼食中に砦が軽く震動《しんどう》していることに気が付いた。

何か地響きのような音もかすかに聞こえる。

一緒に食事をとっていたアニスさんたちも、この異常を感知した。

「……何かしらコレ？」

「地震ではなく、何かが近付いてきているような……」

ディオーネさんの発言で、僕もハッと思い当たる。

近付く？　そういえば、ゼルドナにいたときに似たようなモノを感じたことがあるぞ。

もしかしてと思い、僕は『領域支配』で積極的《せっきょくてき》な索敵《さくてき》をしてみる。

探知したのは……多数のモンスターの気配だ。そしてもう一つ、それらとは一線を画したケタ違いの存在がある。

「砦《そこ》にいるのは誰だ!?　どこのどいつか知らぬが、オレの居ぬ間に砦を奪うとは許せん！　今すぐ出てこい！」

空気を震わす大音声《だいおんじょう》が砦の外から聞こえてきた。

すぐその方向に向かい、壁の小窓から外を覗いてみると、そこには……
深藍《しんらん》の鎧を着た騎士——幻ではなく、本物の『蒼妖騎士《ケイオスナイト》』が、百体ほどの魔物を連れて砦前に立っていたのだった！

あとがき

この度は、文庫版『無限のスキルゲッター！ 4 毎月レアスキルと大量経験値を貰っている僕は、異次元の強さで無双する』をお手に取っていただき、誠にありがとうございます。作者のまるずしです。

第4巻では、またまた新しいヒロインたちが登場しました。

アニスとディオーネは、これまでのヒロインたちと違って非常に生真面目な女性です。ほかの子のように暴れん坊ではありませんが、思い込みが激しいうえに融通の利かないタイプでして、ユーリが本当に苦手なのは実はこういう女性かもしれません。

そして、今回はスキルゲッターには珍しい『ラッキースケベ』も発生しました！

メジェールたちは自分から見せにいくタイプなので、アニスたちが恥じらう姿はユーリにとっては新鮮だったかも？ まあラッキーどころか、地獄の始まりなんですけどね。

色々と女難《じょなん》に振り回されるユーリを楽しんでいただけたら嬉しいです。

ちなみに、スライム娘アピはひたすら良い子です。ルクと並んでスキルゲッターにおける癒《いや》しキャラなので、ユーリの心のオアシスとなってくれるでしょう。

スキルゲッターのもう一人の主人公とも言える『ヒロ』ですが、これは正体を隠したままユーリを活躍させたくて作ったキャラです。

謎の男としてみんなを引っ張りますが、そこに立ち塞《ふさ》がったのがなんとヴァクラース！　まさかの宿敵登場でヒロと一騎打ちになりますが、この絶体絶命のピンチは自分でも気に入ってるシーンです。

ユーリの敗北にハラハラドキドキしてもらえたでしょうか？

このあと、激化《げきか》していく魔王軍との戦いにユーリはどう立ち向かっていくのか、そしてヒロインたちの恋の行方にも是非、注目していただければと思います。

最後になりますが、本作を刊行するにあたりご尽力《じんりょく》いただいた関係者の皆様、コミカライズを担当してくださっている海産物先生、そして数々の素晴らしいイラストを描いていただいた中西達哉先生に、心より感謝いたします。

読者の皆様と次巻でもまたお会いできれば幸いです。

二〇二四年五月　まるずし

ネットで人気爆発作品が続々文庫化!

アルファライト文庫 大好評発売中!!

アイテムを見るで即鑑定、
取るで敵から好きなステータス取り放題!
何でもない日常の動きが
スキルになる!?

スキル『日常動作』は最強です 1～3
～ゴミスキルとバカにされましたが、
実は超万能でした～

1～3巻 好評発売中!

メイ *Mei* illustration かれい

奴隷少女を救出し、暗殺者集団を蹴散らせ!
超ユニークスキル『日常動作』で即解決!

12歳の時に行われた適性検査の結果、役立たずとして村を追い出されたレクス。そんな彼は、謎の能力『日常動作』を持っていた。ひとまず王都の魔法学園を目指すレクスだったが、資金不足のため冒険者になることを決意。しか
冒険者ギルドを訪れた際に、なぜか
を目の敵にする人物と遭遇し……。
能少年の成り上がり冒険ファンタジー
待望の文庫化!

文庫判　各定価：671円(10%税込)

アルファライト文庫

この作品に対する皆様のご意見・ご感想をお待ちしております。

おハガキ・お手紙は以下の宛先にお送りください。

【宛先】

〒150-6019 東京都渋谷区恵比寿 4-20-3 恵比寿ｶﾞｰﾃﾞﾝﾌﾟﾚｲｽﾀﾜｰ 19F
（株）アルファポリス　書籍感想係

メールフォームでのご意見・ご感想は右のＱＲコードから、
あるいは以下のワードで検索をかけてください。

アルファポリス　書籍の感想　検索

ご感想はこちらから

本書は、2022年7月当社より単行本として
刊行されたものを文庫化したものです。

無限《むげん》のスキルゲッター！ 4
毎月《まいつき》レアスキルと大量経験値《たいりょうけいけんち》を貰《もら》っている僕《ぼく》は、異次元《いじげん》の強《つよ》さで無双《むそう》する

まるずし

2024年 5月 31日初版発行

文庫編集－中野大樹／宮田可南子
編集長－太田鉄平
発行者－梶本雄介
発行所－株式会社アルファポリス
〒150-6019東京都渋谷区恵比寿4-20-3恵比寿ガーデンプレイスタワー19F
TEL 03-6277-1601（営業） 03-6277-1602（編集）
URL https://www.alphapolis.co.jp/
発売元－株式会社星雲社（共同出版社・流通責任出版社）
〒112-0005東京都文京区水道1-3-30
TEL 03-3868-3275
装丁・本文イラスト－中西達哉
文庫デザイン—AFTERGLOW
（レーベルフォーマットデザイン－ansyyqdesign）
印刷－中央精版印刷株式会社

価格はカバーに表示されてあります。

落丁乱丁の場合はアルファポリスまでご連絡ください。

送料は小社負担でお取り替えします。


ISBN978-4-434-33886-1 C0193